A Daughter's a Daughter

母亲的女儿

〔英〕
阿加莎·克里斯蒂 著

柯清心 译

人民文学出版社
PEOPLE'S LITERATURE PUBLISHING HOUSE

著作权合同登记号 图字 01-2016-8673

图书在版编目(CIP)数据

母亲的女儿/(英)阿加莎·克里斯蒂著;柯清心译.—北京:人民文学出版社,2016
(阿加莎·克里斯蒂"心之罪"系列)
ISBN 978-7-02-012110-6

Ⅰ.①母… Ⅱ.①阿…②柯… Ⅲ.①长篇小说-英国-现代 Ⅳ.①I561.45

中国版本图书馆 CIP 数据核字(2016)第 245185 号

A Daughter's a Daughter
Copyright © 1952 The Rosalind Hicks Charitable Trust.
All rights reserved.
AGATHA CHRISTIE® and the Agatha Christie Signature are registered trade marks of Agatha Christie Limited in the UK and elsewhere.
All rights reserved.
Agatha Christie, a Mary Westmacott novel.

本书译文由台湾远流出版事业股份有限公司授权使用

责任编辑　卜艳冰　杜　晗
装帧设计　汪佳诗
封面插画　晚　门

出版发行　人民文学出版社
社　　址　北京市朝内大街 166 号
邮政编码　100705
网　　址　http://www.rw-cn.com

印　　制　山东德州新华印务有限责任公司
经　　销　全国新华书店等

字　　数　153 千字
开　　本　890 毫米×1240 毫米　1/32
印　　张　8
版　　次　2017 年 1 月北京第 1 版
印　　次　2017 年 1 月第 1 次印刷

书　　号　978-7-02-012110-6
定　　价　32.00 元

如有印装质量问题,请与本社图书销售中心调换。电话:01065233595

目录

第一部 ·001
第二部 ·131
第三部 ·187

特别收录

● 玛丽·韦斯特马科特的秘密　罗莎琳德·希克斯　·250

第一部

第一章

安·普伦蒂斯站在维多利亚车站月台上挥手。

火车接连弹动数下，然后缓缓驶离，莎拉的黑发便消失不见了。安·普伦蒂斯转身慢慢离开月台，朝出口走去。

她心中五味杂陈，体验到送别亲人的滋味。

心爱的莎拉……她一定会非常思念。虽然仅有短短三周，但公寓里会变得空空荡荡，只剩她和伊迪斯两个百无聊赖的中年妇女……

开朗活泼、凡事乐观的莎拉，还是个长不大的黑发宝宝……

真糟糕！她怎么能这么想！莎拉其实常令人气得七窍生烟，这孩子——还有其他同龄的女孩——就是不把父母放在眼里。"少大惊小怪了,妈。"她们老爱呛说。

她们自然是衣来伸手饭来张口,你得帮她们送洗衣服、领衣服,通常还得帮她们付账单、打紧急电话(你能不能帮忙打个电话给卡罗尔,这很简单,妈妈)、清理从不间断随手乱放的杂物(亲爱的,我本来真的要清理,可是我赶时间)。

"以前我小时候呀……"安想着。

思绪飘回从前。安来自传统保守的家庭,母亲生她时已年过四十,父亲年纪更大,比母亲长十五六岁,家里按父亲的意思管理。

爸妈都摆明了不溺爱小孩,但亲子感情很好。

"我亲爱的女儿。""爸爸的心肝宝贝!""有什么我能帮你拿的吗?亲爱的母亲?"

整理家务、跑腿、记账、寄发邀请及社交信函,这些安都得责无旁贷地参与。女儿得侍奉父母,而非反其道而行。

安经过书报摊时,突然自问:"究竟哪种方式最好?"

这问题竟然不易回答。

安浏览摊上的书报杂志,想找份打发今晚的读物,结果决定不买也无所谓,反正这只是一种习惯罢了;就像流行语一样,有段时期大家时兴说"很棒",后来变成"正点",然后又成了"超赞",再来是"帅呆了",另外还有"××控"等等之类的。

不管是子女侍奉父母,或父母为子女辛劳——亲子间的紧密关系并不因此有所差别,安相信她和莎拉有着深厚笃实的爱。她和自己的母亲呢？现在回想，安觉得母亲慈爱的外表下，其实偶有淡淡的疏离。

她自顾自地笑着，买了一本几年前读过、企鹅出版社的好书。这书现在读来或许有些伤感，但无所谓，反正莎拉不在家……

安心想："我会想她……我一定会想她的，但家里会变得非常宁静……"

她接着又想："伊迪斯也可以好好休息了，她讨厌老被打断计划、用餐时间改来改去的。"

莎拉和她的朋友总是来去匆匆，打电话来改时间。"亲爱的老妈，我们能早点开饭吗？我们想去看电影。""妈，是你吗？我打电话是想告诉你，我没法回来吃午饭了。"

已服务二十多年的忠仆伊迪斯工作量因此暴增三倍；对她来说，作息时间不断被扰乱，实在非常恼人。

莎拉就说，伊迪斯经常变脸。

即使如此，莎拉仍然随时差得动伊迪斯；伊迪斯嘴上虽然会发牢骚，但还是非常疼爱莎拉。

现在仅剩她跟伊迪斯了，家里将非常安宁……寂静无声。安忍不住打了个寒战，心想："如今只剩一片死寂……"静静地步向晚年，直至老死，再也没什么可期待了。

"但我究竟想要什么？"她自问，"我已拥有一切，与帕特里克有过幸福的婚姻，有个孩子，此生已无缺憾，如今……都过去了。现在莎拉将接续我的日子，结婚、生子，而我则要晋级当外婆了。"

安自顾自地笑起来,她会喜欢当外婆的。安想象着,莎拉会生几个可爱活泼的孩子:跟莎拉一样有着黑色乱发的调皮男孩、胖嘟嘟的小女孩;她会为孩子们念书、讲故事……

想到未来,安笑了。但刚才的寒意犹在。帕特里克若还活着该有多好,往日的愁绪再次袭来,那已是好久前的事了,当时莎拉仅三岁。时日久远,伤痛早已疗愈,安忆及帕特里克时,已不再心痛难耐。她所深爱的那个年轻、性急的丈夫,此时已离她好远,就像如烟的往事。

但今天愁绪卷土重来,假如帕特里克还健在,莎拉即使离开——无论是去瑞士滑雪,或嫁人离家——她和帕特里克仍能相守偕老,分享生活的点滴起伏,她也不会那么孤单了……

安·普伦蒂斯走进车站中庭的人群里,心想:"那些红巴士看起来好恐怖——像怪兽似的排队等着吃人。"它们似乎拥有自己的生命,说不定还会与制造它们的人类为敌。

这里如此忙碌拥挤,人群行色匆促,或高声谈笑,或大声抱怨,或聚首,或别离。

安突然再次受到孤寂的冲击。

她心想:"其实莎拉是该离家了。我对她太过依赖,也害她对我依恋过头。我不该那样,不该绑住年轻人、阻碍他们追求自己的生活。那样太不该,真的太不应该了……"

她必须退居幕后,鼓励莎拉自己去决策筹划、交自己的朋友了。

安又笑了,因为莎拉根本不需鼓励;她朋友成群,计划一个接着一个,自信满满地东奔西忙,乐在其中。莎拉很爱母亲,但毕竟两人年龄有落差,无法跟她腻黏在一起。

莎拉觉得四十一岁挺老了,但不服输的安还不愿自称中年。不是故意不认老;安几乎不化妆,衣着带了丝村姑进城的土气——整洁的外套、裙子,和小串的珍珠项链。

安叹口气。

"我干嘛胡思乱想。"她大声自言自语道,"大概是因为送莎拉离家的关系吧。"

法国人是怎么说的?*道别等于死去一点点*①。……

说得真贴切。莎拉被呼啸的火车带走的那一刻,对做母亲的而言,有如生离死别。"但莎拉应该不会这么想吧。"安心想,"距离真是奇妙的东西,两地相隔……"

莎拉过着一种生活;而她——安——过着另一种生活,属于自己的生活。

淡淡的喜悦取代了先前的忧虑,现在她可以自行选择何时起床、做什么事了;她可以安排自己的时间,早早端着餐盘窝到床上,或去看戏看电影,或者搭火车到乡间闲逛,穿越稀疏的树林,看错综散布于枝头间的蓝天……

她当然能随时做这些事,但两人同住,往往会有一人主

---

① 原文为法语:Partir, c'est mourir un peu……

导生活的模式,安很乐于从旁辅助东奔西忙的莎拉。

为人母真的非常有意思,就像自己又活一遍,但免却了青春的烦恼青涩,因为你已晓得事态的轻重,懂得一笑置之了。

"可是,妈,"莎拉会很紧张地说,"这件事真的很严重,你怎么还笑得出来,纳迪娅觉得她都快完蛋了!"

四十一岁的人,知道人的未来很少会完蛋,因为生命比想象的更富弹性与韧度。

战争期间,安随救护车工作时,第一次了解到生活中的小事情何等重要。小小的羡慕、嫉妒、快乐,头颈的皮肤发炎、包在鞋子里的冻疮,这些林林总总的小事,都比可能随时丧命来得更迫切而重要。死亡应该是严肃重大的议题,但实际上你会很快适应它,反倒是那些小事令人难以忽略。或许正因为死亡随时可能降临,时间格外短促,所以才愈去在乎那些小事吧。安还见识到人性的复杂,了解到难以用"非黑即白"的方式评价人类,那是年轻血气方刚时的做法。安就曾经目睹有人发挥大无畏的精神拯救一位受害者,接着却弯身窃取受害者身上的财物。

人其实非常矛盾。

安犹疑地站在街边,计程车尖锐的喇叭声将她从思绪中拉回现实,现在她该做什么?

她今早都在张罗送莎拉去瑞士的事,晚上打算出门跟詹姆斯·格兰特吃饭。亲爱的詹姆斯十分温柔体贴,"莎拉走后你一定会觉得无聊,出门小小庆祝一下吧。"詹姆斯真的好贴心,莎拉总笑称詹姆斯是"妈妈的模范男友"。詹姆斯非常可爱,但有时滔滔不绝说起又臭又长的故事时,真会让人听到走神。詹姆斯真的很爱"想当年",不过对认识了二十五年的老友,她至少得耐心听他说话吧。

安看看表,也许去陆海百货公司走一趟吧,伊迪斯一直想增添些厨房用品。这个决定暂时帮她解决眼下的问题,然而在浏览锅具和询问价格时(现在变得好贵!),安还是一直感受到心中的惶恐。

最后,她冲动地走进电话亭,拨了号码。

"请问劳拉·惠兹特堡女爵在吗?"

"请问您是?"

"普伦蒂斯太太。"

"请稍等,普伦蒂斯太太。"

安静片刻后,传来一句洪亮的低沉声音:"安吗?"

"噢,劳拉,我知道这时候不该打电话给你,可是我刚送莎拉走,如果你今天很忙……"

对方干脆地说:"你过来跟我一起吃午饭吧,吃裸麦面包和脱脂牛奶好吗?"

"什么都可以,你真好。"

"那么一点十五分见,等你哦。"

❖

安来到了哈利街,等付过计程车费、按响门铃时,只差一分钟就一点十五分了。

干练的哈克尼斯开门微笑欢迎道:"请直接上楼,普伦蒂斯太太,劳拉女爵大概再几分钟就好了。"

安轻盈地奔上楼,原本屋中的餐厅已改成接待室,顶层则改为舒适的居住空间。客厅有张吃饭用的小桌,房间本身颇具阳刚气,不像女性用的。凹陷的大椅子,书籍多得满出了书架,堆叠在椅子上,还有精致鲜艳的天鹅绒窗帘。

安并未等太久,劳拉女爵的声音像盛奏凯旋的低音乐器般先行传到楼上,她踏入房中,热情地吻着客人。

劳拉·惠兹特堡女爵是位六十开外的妇人,浑身散发明星般的贵族气质,洪亮的声音、丰满的胸部、浓密堆高的铁灰色头发和鹰钩鼻,让她整个人非常抢眼。

"很高兴见到你,亲爱的孩子,"她说,"你看起来好漂亮,安,你为自己买紫罗兰了呀?真有眼光,紫罗兰跟你最搭了。"

"枯萎的紫罗兰吗?真是的,劳拉。"

"很有秋的味道,叶子遮住就看不见了。"

"这不像你会说的话,劳拉,你一向快人快语!"

"快人快语有它的好处,不过有时蛮难的。咱们快吃吧,巴西特呢?啊,在那儿。这份鲽鱼是给你的,安,还有一杯德国白酒。"

"噢,劳拉,你不必这么费事的,脱脂牛奶跟裸麦面包对我来说就很好了。"

"脱脂牛奶只够我喝而已,来吧,坐。莎拉要去瑞士多久?"

"三个星期。"

"很好啊。"

瘦骨嶙峋的巴西特离开房间了,女爵开心地啜饮脱脂牛奶,并开门见山地表示:"你会很想念她,不过我想你来这儿并不是要告诉我这件事。说吧,安,咱们时间有限。我知道你喜欢我,但这么急着打电话找我,通常是为了听听本人的高见吧。"

"我觉得好愧疚。"安歉然道。

"别胡说,亲爱的,其实这对我是一种赞誉。"

安连忙说道:"噢,劳拉,我真傻,真的!可是我觉得好惶恐,在维多利亚车站看到那么多巴士时,我觉得……觉得孤单得要命!"

"我懂。"

"不单是莎拉离开、我会想念她,还有别的……"

劳拉·惠兹特堡点点头,用精锐的眼神冷静地凝视安。

安缓缓说道:"因为到头来,人终究还是孤单一个,真的……"

"啊,你终于发现人迟早会变成孤单一人了?奇怪的是,大家都觉得很震惊。你多大了,安?四十一吗?在这年纪觉悟最适合了,太老发现的话打击太大,太年轻时则得鼓起很大的勇气才能面对。"

"你曾真正感到过孤独吗,劳拉?"安好奇地问。

"噢,有啊,我二十六岁时,在一次温馨感人的家庭聚会中意识到的;我吓坏了,但只能接受。不要否认事实,你得接受一点:世上只有一人能陪我们由生至死,那就是自己。好好与自己相处,学习与自己共存,这就是答案所在。这不是件容易的事。"

安叹口气。

"生命似乎变得漫无目标了,我是跟你说实话,劳拉,往后的岁月不知该拿什么填补。噢,我想我真是个愚蠢无用的女人……"

"好了,冷静点,你在战时做得那么出色,莎拉被你调教得既有教养又乐观,这下你可以清闲地享受自己的日子了,有什么好不满的?老实说,你若跑到我的咨询室,一定会被我赶出去,半毛钱都不收——我可是很爱钱的老太婆。"

"亲爱的劳拉,你真会安慰人,我想我是太在乎莎拉了。"

"又在胡说了!"

"我一直很害怕变成那种事事掌控,结果反而成了害了孩子的霸占型母亲。"

劳拉·惠兹特堡冷冷地表示:"最近很流行讨论霸占型母亲,害得某些女人不敢轻易对子女表露感情。"

"但占为己有的确很糟糕!"

"当然糟糕,我每天都会碰到这种案例。母亲把儿子系在身边,父亲独占他们的女儿,但不是只有父母会这样,安,我曾在房里养了一窝鸟,等小鸟羽翼稍丰该离巢时,有只小鸟死赖着不走,想继续留在巢中被喂养,拒绝面对落巢的风险。母鸟气坏了,一遍遍地从巢缘往下飞,为小鸟示范,还对小鸟吱吱叫着拍动翅膀。最后母鸟不再喂食了,它叼着食物,待在房间另一头呼唤小鸟。也有像这样不想长大、不愿面对成人世界艰辛的孩子,那与教养无关,是孩子本身的问题。"

她顿了一下,继续说道:"有人想独占,有人想依赖,是因为晚熟的关系吗?还是天生欠缺成人特质?我们对人性的了解仍非常有限。"

"反正啊,"安对这话题没什么兴趣,"你不认为我是霸占型的母亲就对了?"

"我一向认为你和莎拉关系良好,两人相亲相爱。"她又慎重地说,"不过莎拉的心智年龄是有点幼稚。"

"我总觉得她挺早熟的。"

"我不这么认为,我觉得她的心智年龄还不到十九岁。"

"但她态度很正面、自信,且很有教养,极有自己的想法。"

"你的意思是她很有当前流行的想法。但莎拉得过一段时间后才会真正有自己的主见,现在的年轻人想法似乎都很正面,因为他们需要安全感。我们活在动荡的年代,孩子们感受到世事无常,现今有一半的问题皆因于此,缺乏安定感、家庭破碎、道德标准不彰。你要知道,幼苗得绑在牢固的支柱上才能茁壮。"

劳拉突然咧嘴一笑。

"我跟所有老女人一样,即使身为精英人士,还是很爱说教。"她将脱脂牛奶一饮而尽,"知道我为什么喝这个吗?"

"因为有益健康?"

"非也!因为我喜欢,自从我到乡下农庄度过假后,便爱上这味道了。还有一个理由是可以与众不同。人会作态,所有人都会,不得不如此,我比大部分人更常如此,不过幸好我很清楚自己在作态。现在来谈你吧,安,你没什么问题,只是来到第二春罢了。"

"劳拉,你指的'第二春'是什么意思?该不会是说……"她犹疑着。

"我不是指任何实质的东西,而是指心理状态。女人很幸运,虽然百分之九十九的女人并不自知。圣特雷莎几时才开始改革修道院?五十岁。我可以列举许多其他例子。二十到四十岁的女人大多专注在传宗接代、养儿育女上,这是应该的。她们要不将全副精神放在子女、丈夫、情人等私人关系上,要不就是排开一切,投身事业。女人的'第二春'是心理与心灵的,发生于中年期。女人愈老,对与个人无关的事物愈感兴趣。男人关注的事物面向愈来愈窄,女人则愈来愈宽广。六十岁的男人往往像录音机般不断重复自己的当年勇,而六十岁的女人,若还有点个性的话,会是很有意思的人。"

安想到詹姆斯，忍不住笑了。

"女人会探索新的领域，噢，虽然女人到了中年还是会干蠢事，有时会乱搞男女关系，不过中年是个充满可能的年纪。"

"你好会安慰人啊，劳拉！你觉得我该开始做点什么吗？社工之类的？"

"你有多爱你的同类？"劳拉严正地表示，"若无发乎于内的热情，做社工毫无益处，别勉强从事不想做的事，到时还得回头安慰自己！没有什么结果比这更糟了。如果你喜欢探访老弱的病妇，或带蛮横无理的小鬼去海边玩，就尽管去吧，很多人都喜欢干这种事。安，千万别勉强自己。记住了，所有的田地都得有休耕期。迄今为止，你一直恪尽母职，我不认为你会变成改革家、艺术家或典型的社工，你是个相当平凡的女人，安，却也是个非常好的人。等着看吧，抱持希望静静地等待，你会明白，宝贵的事物将填满你的生活。"

她顿了一下又说："难道你都没有恋情吗？"

安脸一红。

"没有。"她鼓起勇气，"你认为……我应该谈恋爱吗？"

劳拉女爵重重哼了口气，连桌上的玻璃杯都撼动了。

"现在人真是的！维多利亚时期，大家对性避之唯恐不及，甚至把家具的脚用布盖上！把性藏到眼睛看不见的地方，简直糟糕透顶。可是现在我们却奔向另一个极端，性爱像是从药剂师那边订来的东西,跟硫磺药物和盘尼西林一样。年轻小姐跑来问我,'我是不是找个情人较好?''你认为我该生小孩吗?'以前跟男人上床是神圣的事,不是贪欢享乐啊。你不是热情如火的女人,安,你情感丰富,温柔婉约,其中当然可以包含性爱,但那对你来说并非首要。若要我预测,我会说,时机适当时,你一定会再婚。"

"噢,不会的,我绝不会再婚。"

"那你今天干嘛买紫罗兰别在外套上?你会买花装点房间,但通常不会戴在身上。那些紫罗兰是一种表征,安,你买花是因为心底感到回春啊——你的第二春已近。"

"你是指'暮春'吧。"安悲伤地说。

"是的,如果你要那么说的话。"

"说真的,劳拉,你的说法虽美,但我买花只是因为卖花的妇人一副饥寒交迫的模样。"

"那是你这样以为,这仅是表面的理由而已,仔细检视你真正的动机吧,安。学着认识自己,了解自己,那是生命中最重要的事。天啊,已经两点多了,我得走了。你今晚要做什么?"

"跟詹姆斯·格兰特出去吃饭。"

"格兰特上校吗?当然当然,他是个好人。"劳拉眼神发亮,"他追你好一段时间了吧?"

安·普伦蒂斯红着脸笑着说:"噢,他把这当作习惯了。"

"他跟你求过好几次婚不是吗?"

"是呀,可是全都是在胡闹而已。噢,劳拉,你觉得……我应该接受吗?假如我们两个都很寂寞……"

"婚姻没有什么应不应该的,安!凑错对还不如不要。可怜的格兰特上校——我不是在同情他。不断跟一位女子求婚,还不能让她改变心意,这种男人基本上就是那种喜欢知其不可而为之的。如果他当年曾在敦刻尔克①,应该会乐在其中,但我看《轻骑兵进击》②应该更适合他!咱们这个国家的人,总爱把失败与错误挂在嘴上,却为自己的胜利感到汗颜!"

---

① 敦刻尔克(Dunkirk),位于法国北部的一处海港。第二次世界大战时,35万盟军在此受到德军包围,英国首相丘吉尔下令紧急撤军。敦刻尔克大撤退也被视为历史上秩序最好的一次大撤退。
② 《轻骑兵进击》(*the Charge of the Light Brigade*),克里米亚战争中,有一次由于英军指挥命令错误,以致死伤惨重。英国桂冠诗人丁尼生为此写下诗作《轻骑兵进击》,广为流传。这场战役也成了失败战例的代表。

第二章

安回到自家公寓,老仆伊迪斯冷冷地出来迎接。

她站在厨房门口,"我本来帮你准备了很棒的鲽鱼,还有焦糖奶冻。"

"对不起,我跟劳拉女爵吃过午饭了,我不是早早打电话告诉过你,我没办法回来吗?"

"鲽鱼我还没煮。"伊迪斯不甚情愿地坦承。她身材高瘦,跟军人一样挺拔,嘴角总是紧紧抿着。

"不过朝令夕改不像你的作风,换作是莎拉小姐的话,我就不会讶异了。她出发后,我才找到她一直在找的那双漂亮手套,可惜太迟了。手套就塞在沙发后。"

"真可惜,"安接过漂亮的毛织手套,"她已经离开了。"

"我想她很高兴去吧。"

"是啊,她们一群人都开心得要命。"

"回来时可能就没办法那么开心了,很可能拄着拐杖回来。"

"哎哟,伊迪斯,快别乌鸦嘴了。"

"瑞士那地方太危险了,万一断手断脚又没接好,打石膏生了坏疽,岂不完蛋,而且还臭得要死。"

"但愿莎拉安然无恙。"安说。她早已习惯伊迪斯的杞人忧天了。

"少了莎拉小姐,这里感觉就不一样了,"伊迪斯说,"我们会不知所以,无话可聊。"

"你刚好可以趁机休息,伊迪斯。"

"休息?"伊迪斯不悦地说,"我休息干嘛?我妈以前总说,宁可累死也不要锈死,我一向奉行不渝。莎拉小姐不在家,她和那群朋友不会没事杀进杀出,我就有空好好打扫了。这里得彻底清理一番。"

"我觉得家里已经很干净了,伊迪斯。"

"那是你的看法,这事我比你在行,窗帘全需要拆下来好好抖净,那些灯架也该洗一洗了。噢!该做的事太多啦。"

伊迪斯开心得眼睛发亮。

"找个人来帮你吧。"

"什么,帮我?才不要,我喜欢把事情做好,现在能信赖的女孩不多啦,你这儿有不少好东西,该妥善保管。除了煮饭之外，我哪件事不是做得尽善尽美。"

"但你厨艺很好呀，伊迪斯，你自己知道吧。"

伊迪斯高深莫测的表情露出淡淡的满足笑容。

"噢，煮饭哪，"她立刻说道，"煮饭是雕虫小技，不算正事。"

她走回厨房问："你打算几点喝茶？"

"噢，再等会儿，四点半左右。"

"我若是你就会去睡一下，晚上就能容光焕发了，趁清闲时，好好享福。"

安笑了。她走进客厅，伊迪斯帮她整顿沙发，让她歇躺。

"伊迪斯，你把我当小女孩照顾。"

"我刚来帮你母亲时，你就是个小女孩，你现在也没怎么变。格兰特上校打电话来提醒，别忘了八点钟在莫格达餐厅，我跟他说你晓得，但男人就是这样，啰唆个没完，军人尤其如此。"

"他很贴心，怕我今晚寂寞，所以约我出去。"

伊迪斯公平地评价道："我不是讨厌上校，他虽然吹毛求疵，但毕竟是位绅士。"她顿了一下，又说道："整体来说，别人搞不好比格兰特上校更糟。"

"你刚才说什么，伊迪斯？"

伊迪斯眼都不眨地看着她。

"我说呀，有的男人更糟……唉，莎拉小姐不在，应该就不会那么常见到格里先生了。"

"你不喜欢他吗，伊迪斯？"

"喜欢也不喜欢，如果你明白我意思的话。他很迷人——这点你无法否认，可是他不是牢靠型的。我姐姐家的马琳就嫁给那种人，一份工作从来做不满六个月，而且千错万错都是别人的错。"

伊迪斯离开客厅，安将头靠回抱枕合上眼。

车嚣从紧闭的窗外隐隐传来，像远处的蜜蜂，响着悦人的嗡鸣，身边桌上的黄水仙飘出甜淡的香气。

安觉得宁静而愉快，她会想念莎拉，但暂时独处感觉好清幽。

而她今早竟然慌成那样……

不知詹姆斯今晚邀了些什么人……

❖

莫格达餐厅是间相当旧式的小餐厅，酒醇菜香，还有一种悠闲的气氛。

安是受邀者当中第一位抵达的，她发现格兰特上校正坐在吧台上不断地看表。

"啊，安。"他跳起来迎接她，"你到了。"他欣赏地看着她的黑礼服及项上的单串珠链。"美女能这么准时真好。"

"我迟到三分钟，别说了。"安对他笑道。

人高马大的詹姆斯·格兰特上校，浑身是军人的英气，他理着灰色平头，下巴坚毅。

上校再次看表。

"这些人怎么还不来?咱们的桌子八点十五分就会准备好了,我们先喝点酒。雪利酒好吗?你比较不喜欢鸡尾酒是吧?"

"好,麻烦给我一杯雪利酒。还有谁会来?"

"马辛厄姆夫妇,你认识他们吗?"

"当然。"

"还有珍妮弗·格雷厄姆,她是我表妹,不过我不知道你是否曾……"

"你带我见过她一次。"

"另一位男士是理查德·克劳菲,我前几天才遇见他,很多年没见了。他在缅甸待了大半辈子,回英国后,觉得不太适应。"

"不难想象。"

"他人很好,但遭遇挺悲惨的,老婆生第一胎时死了,克劳菲很爱她,很长一段时间都无法平复,只好离开这儿——所以才会跑去缅甸。"

"孩子呢?"

"噢,孩子也死了。"

"真可怜。"

"啊,马辛厄姆夫妇来了。"

莎拉老爱叫马辛厄姆太太是"不稀罕夫人",她露出洁亮的牙齿朝他们走来。马辛厄姆太太生得十分瘦弱,在印度多年，皮肤变得又粗又干，她先生身材矮胖，讲话老颠三倒四。

"又碰面了，真好。"马辛厄姆太太热情地握住安的手，"穿得美美地出来用餐真开心，尤其我很少穿晚礼服。大家都说'不要改变'，但我觉得现在的生活好乏味，好多事都得自己动手！我老是待在厨房水槽边瞎忙！我觉得快要在这个国家待不下去了，我们有考虑过去肯尼亚。"

"很多人都离开了，"她先生说，"受够了这无能的政府。"

"啊，珍妮弗来了。"格兰特上校说，"还有克劳菲。"

三十五岁的珍妮弗·格雷厄姆个头高挑，生着一副马面，笑声有如马嘶。理查德·克劳菲是位中年男子，脸面晒得黝黑。

他坐到安旁边，安开始与他搭话。

他回英国很久了吗？有什么感觉？

他表示得适应一下，因为一切与战前差异极大，他一直在找工作，但像他这种年纪的人，找工作并不容易。

"我相信真的不好找，但这实在太糟了。"

"是啊，毕竟我才五十出头，"他露出稚气迷人的笑容，"我有一小笔钱，正在考虑要不要到乡间买块地，种蔬果来卖或养鸡什么的。"

"千万别养鸡！"安说，"我有几位朋友试过养鸡，鸡很容易得鸡瘟。"

"或许种蔬果比较好吧，也许利润不多，但生活会很愉快。"他叹口气。"世事变换太快了,若能换个政府,也许……"

安不置可否,换政府似乎被当成了灵丹妙药。

"究竟该做什么真的很难判断,"她说,"一定很让人忧心。"

"噢,我并不担心,担心无济于事。人若对自己有信心又有决心,任何困难都可迎刃而解。"

他的果断令安困惑。

"是吗?"她说。

"就是这样没错,我最受不了老爱抱怨自己时运不佳的人。"

"噢,这我也同意。"安热切地大声说,克劳菲忍不住疑惑地扬眉。

"听你的语气,似乎有过类似经验。"

"没错,我女儿有个男友总是到我们家诉苦,说他最近运气奇差,以前我还同情他,现在我都烦到懒得听了。"

桌对面的马辛厄姆太太说:"怀才不遇的故事真的很无趣。"

格兰特上校说:"你们在说谁?是杰拉尔德·劳埃德那小子吗?他永远成不了气候的。"

理查德·克劳菲低声对安说:"原来你有女儿?而且还大到可以交男朋友了。"

"噢,是啊,莎拉都十九岁了。"

"你很爱她吧？"

"当然。"

安看到他脸上闪过一抹痛苦，想起了格兰特上校说过的话。

理查德·克劳菲是个寂寞的人，安心想。

他低声说："你看起来很年轻，不像有成年女儿的人……"

"碰到我这种年纪的女人，大家都会这么说。"安大笑道。

"也许吧，但我说的是真话，你先生……"他迟疑了一下，"去世了吗？"

"是啊，很久前就走了。"

"你为何没再婚？"

他问得或许鲁莽，但语气恳切，令人不作他想。安再次感到理查德·克劳菲的单纯，他是真心想知道。

"噢，因为……"她顿了一下，然后老实答道，"因为我深爱我丈夫，他去世后，我从没爱上别人。当然了，也因为莎拉的缘故。"

"难怪，"克劳菲说，"是的……你应该就是会这样。"

格兰特上校起身建议大家移往餐厅圆桌，安坐在男主人身边，另一侧是马辛厄姆少校，再没什么机会与克劳菲私下聊天了。克劳菲正有一搭没一搭地跟格雷厄姆小姐聊天。

上校在安耳边低声说："你想他们俩能凑成对吗？他需

要找个老婆。"

不知为何,这番话令安颇感不悦,笑声如马鸣的大嗓门珍妮弗·格雷厄姆?拜托!她绝不是克劳菲这种男人的菜。

牡蛎送来了,众人开始吃饭谈天。

"莎拉今早走啦?"

"是的,詹姆斯。希望她们能遇到好雪。"

"是啊,这个时节有点难说,但我想她一定能玩得痛快。莎拉是个漂亮女孩。对了,劳埃德那小伙子没跟去吧?"

"噢,没有,他刚刚进他叔叔的律师事务所,走不开。"

"很好,安,你应该阻止他们继续交往。"

"这年头哪有可能,詹姆斯。"

"嗯,看来是不成,但你最好还是设法把她送走一阵子。"

"是的,我觉得这是个好办法。"

"是吗?你真聪明,安,希望莎拉在那边能喜欢上别的小伙子。"

"莎拉还小,詹姆斯,我不认为她跟杰拉尔德·劳埃德在认真交往。"

"或许没有,但上回见到莎拉,我觉得她似乎非常关心杰拉尔德。"

"莎拉生性关心别人,她知道每个人该做什么,懂得鞭策别人,她对朋友非常忠诚。"

"她是个好孩子,又非常迷人。不过她的魅力永远及不上你,安,她比较冷,现在的说法是——比较酷。"

安微微一笑。

"我不认为莎拉很酷,只是她这一代人都是这个调调。"

"也许吧,但现代的女孩应该跟她们的母亲学点女人味。"

他深情地看着安,安心头一暖,心想:"亲爱的詹姆斯待我真好,他觉得我很完美,我若拒绝他的爱与呵护,岂非笨蛋?"

可惜这时格兰特上校又开始聊起他在印度时,手下的副官及某少校之妻的故事了,这故事又臭又长,而且安已听过三遍了。

刚才的感动荡然无存,安望着桌子对面的理查德·克劳菲,十分欣赏。他有点太过自信霸气——不对,安纠正自己,不尽然是那样,那只是他在面对陌生且可能敌对的世界时所筑起的武装。

那是一张悲伤的面容,透着寂寞……

安觉得克劳菲有许多美质,仁慈诚实而公正。他或许有点武断,偶尔还抱持偏见,他不习惯嘲笑事物或被嘲笑,克劳菲若能感受到真爱,必能散放光芒。

"……你相信吗?"上校得意地结束故事说,"她老公竟然都知情!"

安一惊,回神适度地大笑回应。

第三章

翌晨安醒来，一时间弄不清自己置身何方。窗子应该在右边才对，不是左边……门，还有衣柜……

接着她发现自己在做梦，梦见回到儿时、回到苹果溪畔的老家了。她兴奋地冲回家，受到母亲和年轻的伊迪斯的热切欢迎。她在花园里奔跑，东指西指地喊着，最后终于进入屋内。一切都如往昔：阴暗的走廊，走廊后敞着门、有各式印花棉布家具家饰的客厅。接着，她母亲突然表示："今天我们要在这边用茶。"说完带她穿过另一扇门，来到陌生的新房间。房间很美，有漂亮的印花棉布家饰、鲜花和阳光；有人对她说："你从来不知道有这些房间吧？我们去年才发现的。"屋中多了好多个新房间和一小段楼梯，走上楼梯，上面房间更多，令人兴奋不已。

安此时已醒，但心情仍置梦中，还是那个站在人生开端的小女孩安。那些以前没发现的房间！想想看，那么多年了，竟然都不知道！是什么时候找到的？最近吗？还是好几年前？

现实慢慢渗入恍惚的甜梦，欢乐的南柯一梦啊，怀旧的怅然刺入了安心中，她再也无法回到过去了。没想到梦见家中找到多出来的房间，竟能令人狂喜至此；想到这些房间其实并不存在，安便觉得悲伤。

她躺在床上望着轮廓渐次鲜明的窗户，时间应该很晚了，至少九点钟了吧。这时节的白日颇为阴灰，莎拉应该会在瑞士的阳光白雪中醒来。

此时的莎拉似乎变得不太真实，感觉飘忽而模糊……

反倒是坎伯兰郡的房子、印花棉布、阳光、花朵和她的母亲更为真切。还有恭敬地随侍一旁的伊迪斯，她年轻的容颜虽毫无皱纹，但严酷的表情与今日无异。

安笑了笑，喊道："伊迪斯！"

伊迪斯进入房内拉开窗帘。

"啊，"她赞道，"你睡了个好觉，我不打算叫醒你。反正今天天气不好，起雾了。"

窗外一片灰黄，看起来不怎么美，但安的幸福感未因此稍减，她带着笑意躺在床上。

"早餐准备好了，我去端进来。"

伊迪斯离房前停步,好奇地看着女主人。

"你今早心情很好嘛,昨晚一定玩得很开心。"

"昨晚?"安一时没回过神,"噢,是的,是啊,我玩得非常开心。伊迪斯,我醒前梦见自己回老家了,你也在那里。梦中是夏天,而且家里多出几个我们以前不知道的新房间。"

"幸好没有,"伊迪斯说,"以前房间还嫌不够多呀,老家好大,还有那间厨房!太费煤了!幸好当时煤价很低。"

"你在梦里变年轻了,伊迪斯,我在梦里也还是小孩。"

"啊,咱们没办法叫时钟倒转,是吧?想也没用,时间流逝就再也不回头了。"

"再也不回头了。"安轻声重述。

"我不是不满意现状,我还很身强力壮,不过人家说,人到中年后,内在可能会有很大的成长,那事我也考虑过一两回。"

"我看你没什么突破性的内在成长啊,伊迪斯。"

"谁知道,得等到哪天他们把你送到医院剖开来才知道吧!但通常那时就太迟了。"说完伊迪斯板着脸离开房间。

几分钟后,伊迪斯端着安的早餐盘,送上咖啡和起司。

"好了,夫人,坐起来,我把枕头垫到你背后。"

安抬头看着伊迪斯,忍不住说:"你待我真好,伊迪斯。"

伊迪斯尴尬得满面飞红。

"我只是知道事情该怎么做而已,反正总得有人照顾你,你心软、意志不坚,哪像劳拉女爵——罗马教皇也说不动她。"

"劳拉女爵是个大好人,伊迪斯。"

"我知道,我在收音机上听过她讲话,光看长相就知道她很有来头。听说还结过婚哩,她的另一半是离婚还是去世了?"

"噢,他去世了。"

"死了倒好,对男人来说,女爵不是那种容易共同生活的伴。但也不能否认,有些男人喜欢强势的妻子。"

伊迪斯一边走向门口,一边看着安说:"不必急,亲爱的,你好好躺在床上休息,随便胡思乱想,享受你的假期吧。"

"假期?"安好笑地想,"原来伊迪斯叫这假期?"

就某方面来看的确是假期,这是她一成不变生活中的一段喘息。与心爱的孩子生活,心里难免挂虑"她快乐吗?""朋友甲、乙、丙算是益友吗?""昨晚的舞会一定有哪里不对劲,不知出了什么事?"

她从不干预或东探西问,安知道必须由莎拉主动开口——她必须自己学习人生的课题,选择自己的朋友。然而,因为爱她,做母亲的不可能不替女儿烦恼,而且她随时可能要人帮忙。假如莎拉需要母亲的同情或帮助,她就得陪在身边……

有时安会告诉自己:"我得有心理准备,莎拉也许有天会不快乐，但除非她愿意听，否则我绝不开口。"

最近令她烦心的是那个暴躁易怒的年轻人杰拉尔德·劳埃德，以及莎拉对他的日益迷恋。想到莎拉至少会离开杰拉尔德三个星期，而且会遇到很多其他年轻人，安便松了一口气。

没错，莎拉到瑞士去了，安就不必再为她烦恼，可以在自己舒服的床上躺着好好休息，想想今天要做些什么。昨天的聚会她非常开心，亲爱的詹姆斯如此热心却又如此乏味，可怜的家伙！那些没完没了的陈年往事！男人到了四十五岁以后，真该发誓封嘴不谈往事。难道他们不知道，每当他们开口说"不知我有没有跟你提过，以前发生过一件很有意思的事……"时，多么令人倒胃口吗？

虽然你大可表示："有啊，詹姆斯，你已跟我说过三遍了。"但那家伙就会一副很受伤的样子，你怎能忍得下心。

那个理查德·克劳菲，年纪比较轻，但他将来也有可能再三重述冗长的陈年往事……

安心想，有可能，但她不认为他会这样。不会的，他比较像是个独断的人，有点偏执和成见，得有人温柔地逗他……或许他有时略显可笑，但人很可爱。他是个寂寞的人，非常的寂寞……安替他难过，在繁忙的现代伦敦，克劳菲显得格格不入，不知他会找到什么工作？这年头找工作不容易，或许他会在乡下买块农地或菜园安顿下来。

不知还能不能遇见他，安打算过几天邀詹姆斯吃晚饭，也许建议他带理查德·克劳菲同来,那样不错——他显然十分孤寂,她会再邀请另一名女士,或许大伙一起去看戏。

伊迪斯好吵,她就在隔壁客厅,听起来却像大队搬运工在工作,乒乒乓乓地,偶尔传来嘈杂的吸尘器声。伊迪斯一定打扫得很带劲。

不久伊迪斯在门口探头,她头上包着防尘布,表情如举行仪式的女祭司般专注。

"你会不会出门吃午饭?我被大雾骗啦,今天天气很不错。我没忘掉那片鲽鱼,不过反正都摆到现在了,再放到晚上也无妨。冰箱真的很能保存食物,不过也会减损食物的风味。那是我的看法啦。"

安看着伊迪斯,哈哈大笑。

"好吧好吧,我出去吃午饭就是了。"

"你随意就好,我不介意。"

"好。可是别累坏了,伊迪斯,如果你非得大扫除不可,要不要找霍珀太太过来帮忙?"

"霍珀太太?算了吧,上回我要她清理你妈妈的黄铜围栏,结果弄得脏兮兮的。这些女人只会清洁油地毡,那种事谁都做得来。记得我们在苹果溪的壁炉和钢制炉栅吧?那保养起来可费劲了,告诉你,我非常以它为傲哩。咱们这里有些很棒的家具,擦亮后会很美,可惜现在多半是嵌固式家具了。"

"那样比较省事。"

"我觉得太像旅馆了。那么你会出门吗?太好了,我可以把地毯全拿起来清一清。"

"我今晚能回这儿吗?或者你希望我去住旅馆?"

"安小姐,你别开玩笑了。对啦,你从店里买回来的那个平底锅很难用,一来太大,二来不方便搅拌,我要以前的那种锅子。"

"他们现在不卖那种锅子了,伊迪斯。"

"这个政府,"伊迪斯厌恶地说,"那么我要的舒芙蕾① 瓷碗呢?莎拉小姐喜欢用瓷碗吃舒芙蕾。"

"我忘记买了,这种瓷碗应该可以找得到。"

"好,乖,这样你就有事做了。"

"说真的,伊迪斯,"安吼道,"你怎么把我当成小孩子,还找事情给我做。"

"我必须承认,莎拉小姐一走,你好像就变年轻了。不过我只是建议而已,夫人……"伊迪斯站直身子,假装恭敬地说,"如果您刚好到百货公司附近,或约翰烘焙坊……"

"好啦好啦,伊迪斯,你自己到客厅去玩吧。"

"真是的。"伊迪斯悻悻然地离去。

接着又是一阵乒乓乱响,不久,伊迪斯还五音不全地哼起了忧伤的赞美诗:

---

① 原文 soufflé,舒芙蕾为法文音译,一种法式甜品。文中舒芙蕾瓷碗指专用来吃此种甜品的瓷碗。

> 这是痛苦悲哀之境
> 没有欢乐，没有太阳，也没有光。
> 噢，以您的血沐洗我们
> 让我们哀悼吧。

❖

安开心地在百货公司的瓷器部门逛着，心想，现在有太多粗制滥造的东西了，看到英国依然能制出如此精美的瓷器、玻璃和陶器，实在令人宽慰。

"仅限出口"的标签并不影响安欣赏这些闪闪发亮的展品，她来到瑕疵出口品摆设摊位，这里总有女士们虎视眈眈地猎寻漂亮的物件。

今天安运气奇佳，摊位上有近乎整套的早餐组，含漂亮的棕色大圆杯，和有图纹的陶器，且价格颇合理，安二话不说当场买下，她刚把送货地址递出去时，另一名妇女走过来，兴奋地说："我要买那组。"

"很抱歉，夫人，这组已经卖掉了。"

安言不由衷地说："真是不好意思。"然后得意洋洋地走开了。她还找到一些非常漂亮、大小适中的舒芙蕾盘子，但它们是玻璃制品，不是瓷器，希望伊迪斯能接受，不会嘀咕太久。

安离开瓷器部到对面的园艺部。家里窗外的花坛箱已破烂不堪，她想订一个新的。

安正在跟销售人员讨论时，身后传来一个男声。

"早啊，普伦蒂斯太太。"

安转头看到理查德·克劳菲，他显然很高兴见到她，安忍不住得意起来。

"没想到竟会在这里遇上你，好巧啊。事实上，我正想到你，昨晚我本想问你住在哪里，或许能到府上拜访。可是又怕你觉得我太冒昧，你一定有很多朋友，以及……"

安打断他。

"你一定要来我家看我，事实上我才想邀格兰特上校来晚餐，并建议他带你一起来呢。"

"是吗？真的吗？"

瞧他高兴热切的模样，安忍不住心生悲悯，这可怜的家伙一定很孤单，他脸上的笑容好天真哪。

安表示："我刚在订制新的花坛箱，我们住公寓，想种点花就只能这么办了。"

"我想也是。"

"你在这里做什么？"

"我在找孵蛋器……"

"还是想养鸡吗？"

"是啊，我一直在看最新的养殖设备，孵蛋器是最新的电器产品。"

两人一起往出口走，理查德·克劳菲突然表示："呃……你大概已经有事了——不知道你愿不愿意跟我一起吃午饭？如果你没其他事情的话。"

"谢谢你，我很乐意。其实我的女佣伊迪斯正在春季大扫除，她坚持要我别回家吃午饭。"

理查德·克劳菲满脸不可置信、表情震惊地看着她。

"她会不会太霸道啊？"

"伊迪斯有霸道的特权。"

"宠坏仆人，一点好处都没有。"

他在反驳我，安好笑地想着。她柔声答道："能宠的仆人不多，而且伊迪斯不只是仆人，更像朋友，她已经跟我很多年了。"

"噢，原来如此。"他觉得碰了一个软钉子，但对安的印象维持不变：这位温柔美丽的女性被一位专横霸道的女仆欺负了，她不是那种会为自己挺身而出的人，她天性太温柔顺从了。

他淡淡地问道："春季扫除？现在是春季扫除的时节吗？"

"不是，应该是三月，但她趁我女儿去瑞士玩几星期时大扫除一番。女儿在家时，事情太繁琐了。"

"你应该很想你女儿吧？"

"是啊。"

"现在的女孩似乎都不爱待在家里，大概是急着想过自己的日子吧。"

"也不见得，好奇感很快就消失了。"

"噢，今天天气真好，不是吗？想不想穿过公园走一走？还是你会嫌累？"

"不，怎么会累，我正想跟你建议呢。"

两人越过维多利亚街，步上窄径，最后终于来到圣詹姆斯公园车站，理查德抬眼望着爱泼斯坦[①]的雕塑作品。

"你看得懂吗？那种东西怎能称作艺术？"

"噢，我觉得可以啊，真的是艺术品。"

"你不会是真的喜欢吧？"

"我个人不怎么喜欢，我很老派，一向喜欢古典雕像和小时候欣赏的东西，但那不表示我的品位才是对的，我想我们得学着欣赏新的艺术形式，音乐也一样。"

"音乐！现在那哪叫音乐？"

"克劳菲先生，你不觉得自己的视野太褊狭了点吗？"

他立即扭头看她，安红着脸，有些紧张，但仍勇敢地看着他，毫无退缩。

"是吗？也许吧，离家久后返乡，对任何不同于记忆中的事物都会看不顺眼。"他突然一笑，"得请你多包涵了。"

安立即表示："噢，我自己也古板得要命，莎拉常笑我。但我真心觉得……该怎么说呢？随着年纪渐长而封闭自己的心灵是很可悲的。一来这会让人变得乏味，二来也让人错失了重要的事物。"

理查德默默走了一会儿，然后说："听到你说自己变老，感觉好怪，你是我长久以来遇过最年轻的人，比有些吓人的

[①] 爱泼斯坦（Jacob Epstein, 1880—1959），英国雕刻家。

女孩年轻多了,她们真的令我害怕。"

"是呀,我也有点怕她们,但我总发现她们其实很善良。"

他们已来到圣詹姆斯公园,太阳整个露出脸,天气颇为温暖。

"咱们要去哪儿?"

"我们去看鹈鹕吧。"

两人惬意地赏鸟,聊着各式水禽,轻松而自得,理查德十分自然而稚气,是位迷人的同伴。他们开心地谈笑,非常享受彼此的陪伴。

不久理查德表示:"要不要到太阳底下坐一会儿?你会冷吗?"

"不冷,蛮暖的。"

他们坐到椅子上,望着水面,色调淡雅的景致恍若日本版画。

安柔声说:"伦敦真的好美,但人们未必能体会。"

"是啊,真是出乎意料。"

两人静坐一两分钟后,理查德说道:"我太太以前总说,春天降临时,伦敦是最好的去处。她说绿芽、杏树,和正逢时令的紫丁香花,在砖块灰泥的衬托下更加显眼。她说在乡下,所有东西全杂在一起,范围大到无法细看,但在市郊的花园里,春天竟一夕之间便降临了。"

"她说得很对。"

理查德说得有些费力,而且没看安。

"她——很久前就去世了。"

"我知道,格兰特上校跟我说了。"

理查德转头看着安。

"他有跟你说,她是怎么死的吗?"

"有。"

"那件事我永远无法忘怀,我总觉得是我害死她的。"

安迟疑了一会儿后说:"我可以理解你的感受,我若是你,应该也会那样想,但你知道那不是事实。"

"那就是事实。"

"错了,从她的角度——从女人的观点来看,并非如此。接受生育风险的责任在女人,那是她的爱,她想生孩子……你妻子想生孩子吧?"

"噢,是的,艾琳很高兴能怀孕,我也是。她是位强健的女性,没理由会出问题。"

两人又是一阵静默。

接着安说:"我很遗憾……真的很遗憾。"

"这事已经过去很久了。"

"宝宝也死了吗?"

"是的。你知道吗?就某个角度而言,我还蛮庆幸宝宝没有活下来,否则我大概会很排斥那可怜的孩子,一辈子忘不了生下他所付出的代价。"

"谈谈你的妻子吧。"

理查德坐在苍黄的冬阳下,对安细诉艾琳的事,诉说她的美丽与快乐，以及有时她会突然静下来，让他忍不住猜测妻子在想什么，为何心思飘得如此遥远。

理查德一度不解地说："我已经很多年没跟任何人提起她了。"

安温柔地表示："请继续说下去。"

一切都如此短暂，太短暂了。订婚三个月，接着结婚。"婚礼一团忙乱，我们根本不想那么费事，但她母亲很坚持。"他们开车到法国度蜜月，参观卢瓦尔河城堡。

他突然又说："她在车里很紧张，手一直放在我膝上，似乎那样比较安心，我不明白她为何紧张，她之前从没遇到过意外。"理查德顿一下后接着说，"事情都过去后，我在缅甸开车时，有时还感觉到她的手……我实在无法相信她就这样走了——一下就死了……"

安心想，是的，难以置信，帕特里克过世时她也是这种感觉。他一定是在某处，一定能让她感知他的存在，他不可能就这样走了，不留下半点痕迹。生死之隔，何其之遥！

理查德继续对她倾诉，说起他和艾琳曾在一条死胡同里看到一间小小的屋子，屋边有紫丁香丛和一棵梨树。

接着，当他声音嘶哑、踌躇地说完最后几句话时，又困惑地说了一遍："我不知道自己为什么会跟你说这些事……"

但理查德其实是知道的。他紧张地问安，到他的俱乐部去用餐可好？"他们有给女士用的包厢……或者你比较想去餐厅？"安表示想去俱乐部，当两人起身朝帕尔街走时，他心里已经明白，只是还不愿承认罢了。

这是他与艾琳的诀别，就在这清冷的冬日公园。

理查德将把艾琳留在公园里，留在湖边，让青空下的枯枝陪伴她。

这是他最后一次提及年轻的艾琳和她悲惨的命运，那是一首哀诗、一首挽歌，也是一首赞美诗——或许每种都有一些吧。

但那也是一场葬礼。

他将艾琳埋在公园里，带着安，一起走向伦敦的大街。

第四章

"普伦蒂斯太太回来了吗?"劳拉·惠兹特堡女爵问。

"还没,应该很快了。您要不要进来等,夫人?我知道她一定很想见您。"

伊迪斯恭敬地让到一旁,请劳拉女爵进屋。

女爵表示:"我等个十五分钟吧,我有一阵子没见着她了。"

"是的,夫人。"

伊迪斯带女爵来到客厅,蹲下来打开电暖器,劳拉女爵环视屋内,惊呼着。

"家具换位置了,那张书桌原本放在对面角落,沙发的位置也变了。"

"普伦蒂斯太太觉得改变一下也不错。"伊迪斯说,"有一天我进客厅,就看她把东西搬来挪去的。'噢,伊迪斯,'她说,'你不觉得这样看起来好多了吗?空间更大。'我自己是看不出有任何改善啦,但我也不想多说,女人嘛,难免有些奇想。我只说:'可别太累了,夫人,搬重物会有内伤,万一内脏走位,便回不去啦。'我知道,因为我嫂子受过伤,推窗时伤到的,后来就一直得躺在沙发上了。"

"也许她不必那样,"劳拉女爵爽直地说,"幸好我们现在已不再以为,躺在沙发上就能治好所有病症。"

"现在生完小孩连坐月子都省了,"伊迪斯不以为然地说,"我可怜的外甥女,产后第五天就被要求下床走路了。"

"现代人的身体比较健康。"

"但愿如此,应该是吧。"伊迪斯沮丧地说,"我小时候体弱多病,家里以为养不大了,我常会微微痉挛,有时抽搐得厉害,冬天里整个人发紫,连心都快冻住了。"

劳拉女爵对伊迪斯幼时的病症不感兴趣,径自看着重新摆设后的客厅。

"我觉得改过后比较好,"她说,"普伦蒂斯太太说得对,不知她之前为何不做。"

"这就像筑巢。"伊迪斯意在言外地说。

"什么?"

"筑巢,我看过小鸟筑巢,叼着树枝飞来飞去。"

"噢。"

两个女人四目相望，似乎有所会心。

劳拉女爵突然问道："最近常看到格兰特上校吗？"

伊迪斯摇摇头。

"可怜的上校，"她说，"若要问我，我会说他已经下台一鞠躬，'空居'了。法文要用很重的鼻音讲。"她解释道。

"噢，congé①——是的，我懂了。"

"他是位绅士，"伊迪斯用过去式，像朗诵丧礼中的墓志铭般地说，"唉，罢了！"

伊迪斯离开前表示："我知道谁会不喜欢客厅的新摆置——莎拉小姐，她不喜欢改变。"

劳拉·惠兹特堡扬起两道粗眉，然后从书架上抽出一本书，无心地翻阅着。

不久她听见钥匙声，接着公寓门开了，小小的前厅传来两个声音，安和一名男子的，听起来相当愉快。

安说："噢，邮件，啊，有一封莎拉寄回来的信。"

她拿着信走入客厅，立即愣住了。

"咦，劳拉，什么风把你吹来了。"她转头对着随她进客厅的男子说："克劳菲先生，这位是劳拉·惠兹特堡女爵。"

劳拉女爵很快将他打量一遍。

保守型，也许很固执、老实、善良、没幽默感，也许很敏感，热恋安中。

------

① congé，法文。即伊迪斯仿其音所说的"空居"，意为"离开"。

她开始大剌剌地跟他聊了起来。

安喃喃说:"我去叫伊迪斯帮我们送茶。"然后转身而去。

"理查德和我也想喝的,我们刚去听完音乐会。你想喝什么?"

"白兰地加苏打水。"

"好。"

劳拉女爵说:"你喜欢音乐呀,克劳菲先生?"

"是的,尤其是贝多芬。"

"所有英国人都喜欢贝多芬,我听得都快睡着了,恕我这么说,但我实在不特别喜欢音乐。"

"抽烟吗?劳拉女爵?"克劳菲递上烟盒问。

"不了,谢谢,我只抽雪茄。"她精明地凝视着他说,"所以你是那种傍晚六点钟时宁可喝茶,也不喝鸡尾酒或雪利酒的人吗?"

"不,我不是特别爱喝茶,但茶似乎很适合安……"他顿住了,"听起来很怪吧?"

"一点也不怪,你这个人很敏感,我并不是说安不喝鸡尾酒或雪利酒,她也喝,但她本质上最适合坐在茶盘后——摆着漂亮的乔治时代银器,以及精致瓷杯瓷盘的茶盘后。"

理查德闻之大喜。

"你说得太贴切了!"

"我认识安很多年了,非常喜欢她。"

"我知道，她经常提到你，当然，我也从其他地方听说过你。"

劳拉女爵对他咧嘴一笑。

"噢，是的，我是英格兰最知名的女士之一，总是出现在评议会上，或透过广播发表意见，或制定合于人性的法律。不过有件事我非常清楚，人的一生无论成就了什么，实际上都非常卑微，而且那些成就总有人能轻易完成。"

"噢，千万别这么说，"理查德抗议道，"这种结论太令人丧气了吧？"

"不会啊，努力背后一定要保持谦卑。"

"恕我无法同意你的说法。"

"是吗？"

"是的，我认为一个人若想成就非凡的事业，就得先相信自己。"

"为何要相信自己？"

"劳拉女爵，你不觉得……"

"我很老派，我更相信人应该认识他自己，同时信仰上帝。"

"认识、信仰，这不是同一件事吗？"

"很抱歉，那完全是两码事。我的理论是（当然不容易理解，但理论的乐趣就在这儿），每人每年都该到沙漠里待一个月，在井边扎营，准备充足的枣子或其他吃食。"

理查德笑道："也许会很愉快，不过我一定会带几本世界名著随行。"

"啊,重点来啦,不许带书,书是一种惯性的毒药。有了足够的饮食,又无事可做——完全无事,你才会有机会好好认识自己。"

理查德不可置信地笑了。

"你不认为大部分人都挺了解自己的吗?"

"我不这么认为。这年头大家除了知道自己的优点外,谁有空多认识自己?"

"你们两位在争辩什么?"安拿着玻璃杯走过来问,"这是你的白兰地加苏打水,劳拉。伊迪斯马上会送茶过来。"

"我正在讲我的沙漠冥想理论。"劳拉说。

"那是劳拉的点子之一,"安大笑着说,"她教人要无所事事地呆坐在沙漠中,探索自己的劣根性!"

"人都那么糟吗?"理查德冷冷地问,"我知道心理学家是这么说的。但究竟为什么?"

"因为若仅有时间认识部分的自己,就像我刚说的,人就会选择自己的优点去认识。"劳拉女爵当即答道。

"那也很好啊,劳拉。"安表示,"要是在沙漠静坐过、发现自己有多么糟后,又有何好处?人就能改变自己吗?"

"我想可能性极低,但至少人能不再盲目,知道自己在特定情境下可能会做出什么,甚至了解为何会那么做。"

"但我们应该能想象得出来,自己在特定情境下可能会怎么做吧?我是说,只需假想自己在那种状况下不就成了?"

"噢,安,安!想想看,有个人在心里揣测半天,要怎么跟老板、女友、对街的邻居说话,他全都预想好了,但时机一到,不是舌头打结,就是扯些不相干的事!自以为能应付任何紧急状况的人,往往最不知所措,而那些担心自己应付不来的人,反而讶异地发现自己能掌握状况。"

"是的,但那样说不尽公允,你现在指的,是那些按自己期望,去想象各种对话与行动的人,也许他们知道事情根本不会发生。但我觉得,基本上,人会了解自己的反应,以及……以及自己的性格。"

"噢,我亲爱的孩子,"劳拉女爵抬起手,"那么你自认很了解安·普伦蒂斯——我猜。"

伊迪斯送茶进来。

"我不觉得自己是特别好的人。"安笑道。

"夫人,这是莎拉小姐的信,"伊迪斯说,"你留在卧房里了。"

"噢,谢谢你,伊迪斯。"

安将仍未拆封的信放到盘子边,劳拉女爵很快瞄她一眼。

理查德·克劳菲快速喝完茶后起身告辞。

"他很体贴,"安说,"觉得我们两个想私下聊天。"

劳拉女爵仔细看着这位密友,讶异于她的转变。清秀的安变得美丽焕发,劳拉以前也见过这情形,明白其中的道理。那种容光、愉悦的神情只代表一种意思：安恋爱了。劳拉女爵心想，真不公平啊，恋爱中的女人看起来最美，而恋爱中的男人，看起来却像头沮丧的绵羊。

"你最近都做些什么，安？"女爵问。

"噢，我也不知道，到处乱跑，没做什么。"

"理查德·克劳菲是新朋友吧？"

"是的，我才认识他十天而已，在詹姆斯·格兰特的餐会上遇见的。"

她跟劳拉女爵谈了些理查德的事，最后天真地问："你喜欢他，是吗？"

劳拉尚未确定自己对理查德·克劳菲的好恶，只草草答道："是啊，很喜欢。"

"我觉得他以前过得非常悲苦。"

劳拉女爵经常听到这种说法，她抑住笑意问道："莎拉有什么消息吗？"

安表情一亮。

"噢，莎拉玩得开心极了，雪况极佳，而且都没人受伤。"

劳拉女爵说，伊迪斯应该会很失望，两人哈哈大笑。

"这封信是莎拉寄来的，介意我拆信吗？"安说。

"当然不介意。"

安撕开信封读着短信，然后开怀大笑地将信递给女爵。

亲爱的老妈（莎拉写道）：

　　雪况棒极了，大家都说这是历年来最棒的一季，卢想晋级，可惜考试没通过。罗杰很热心地指导我——他人真好，因为他在滑雪界里也是号人物。简说他对我有意思，但我认为他只是很爱看我浑身打结地一头栽进雪地里罢了。康什罕夫人跟那个美国男人也来了，他们实在很嚣张。我非常喜欢其中一位导游——他简直帅爆了——可惜他很习惯被女生包围，我一点机会也没有。不过我终于学会在冰上前进了。

　　你还好吗，亲爱的？希望你常跟男性朋友出去玩，别跟老上校走得太近，他的眼神有时怪怪的！教授还好吗？他最近有没有告诉你一些有趣的婚姻习俗？希望很快见到你。

爱你的

莎拉

劳拉女爵将信递回去。

"莎拉似乎玩得很乐……'教授'是指你那位学考古的朋友吗？"

"是啊，莎拉老爱拿他逗我，我一直想约他吃午饭，但最近太忙了。"

"是的，你似乎挺忙的。"

安把莎拉的信折起来又摊平，轻轻叹道："哎，天啊。"

"天啊什么,安?"

"噢,我看还是跟你说吧,反正你大概已经猜到了,理查德·克劳菲跟我求婚了。"

"什么时候的事?"

"噢,就今天。"

"你打算嫁他?"

"我想是的……我干嘛那样说?我当然想嫁他了。"

"太快了吧,安!"

"你是说我认识他还不够久吗?噢,但我们两个都很笃定。"

"你是很了解他——透过格兰特上校了解的。我很替你高兴,亲爱的,你看起来好快乐。"

"你一定觉得我在说傻话,劳拉,但我真的很爱他。"

"哪里傻了?谁都看得出来你爱他。"

"而他也爱我。"

"那也很明显,我从没见过比他更像绵羊的男人!"

"理查德长得又不像绵羊!"

"恋爱中的男人总是一副绵羊相,这是不变的自然律。"

"可是你喜欢他吧,劳拉?"安追问。

这回劳拉·惠兹特堡没立即搭腔,只缓缓说道:"他是个非常单纯的人,安。"

"单纯?也许吧,但那样不是很好吗?"

"单纯有单纯的问题,而且他很敏感,非常敏感。"

"你真聪明,能看出这点,劳拉,有些人就看不出来。"

"我可不是有些人。"她略为犹疑了一会儿,接着才说:"你跟莎拉提了吗?"

"当然没有,我刚说了,他今天才跟我求婚的。"

"我的意思是,你在信中跟莎拉提过这个人了吗——先铺垫一下之类的?"

"没有,没提过。"她顿了一下又说:"我应该写信告诉她。"

"是的。"

安再度踌躇起来,"莎拉应该不会太介意吧,你想呢?"

"很难说。"

"她向来贴心,没人了解莎拉有多么好——我是说,我都不用说太多。当然了,我想……"安用哀求的眼神望着老友,"也许她会觉得很可笑。"

"有可能。你会介意吗?"

"噢,不会,但理查德会。"

"是的,没错,但理查德只能忍耐,不是吗?我认为你应该在莎拉回家前让她知道一切,让她先适应一下。对了,你们打算何时结婚?"

"理查德希望能尽快结婚,我们也没什么好等的,不是吗?"

"是啊,我想你们愈早结婚愈好。"

"我们的运气真好,理查德刚在赫尔纳兄弟公司找到一份工作，那家公司的其中一位合伙人是他战时在缅甸认识的，很棒吧？"

"亲爱的，一切似乎都很顺利。"她再次柔声说，"我非常为你高兴。"

劳拉·惠兹特堡起身走到安身边吻她。

"好了，那干嘛还愁眉不展？"

"我只希望……希望莎拉不会介意。"

"亲爱的安，你这是在替谁过活，是替自己，还是莎拉？"

"当然是替自己了，可是……"

"假如莎拉会介意，你也没办法！她总会过去的。她爱你呀，安。"

"噢，我知道。"

"被爱是很麻烦的，每个人迟早都会明白这点，爱你的人愈少，你就愈不会受折磨。幸好大部分人都很讨厌我，其他人则乐得保持距离。"

"劳拉，那不是事实，我就……"

"再见了，安，还有，别逼理查德说他喜欢我，他其实很讨厌我，不过我一点都无所谓。"

那晚在一场公开宴会上，坐在劳拉身旁的学者在说明革命性的电击疗法后，懊恼地发现女爵眼神呆滞地望着自己。

"你根本没在听。"他怪女爵说。

"对不起，大卫，我正在想一对母女的事。"

"啊，你的患者是吧。"他期待地说。

"不，不是患者，是朋友。"

"又是那种霸占型的母亲吗？"

"不是。"劳拉女爵表示，"这次是霸占型的女儿。"

第五章

"安,亲爱的。"杰弗里·费恩说,"我想我该说恭喜你,或任何这种场合该讲的话。嗯,他是个非常幸运的男士,是的,非常幸运。我没见过他吧?我对他的名字没什么印象。"

"你没见过,我们几星期前才认识的。"

费恩教授惯性地抬眼从镜片后方望着她。

"天啊,"他不甚认同地说,"会不会太突然?太冲动了?"

"我不这么认为。"

"玛塔瓦雅拉族的人至少得交往一年半……"

"他们一定是非常谨慎的部族,我还以为野蛮人是凭着原始本能做事。"

"玛塔瓦雅拉族才不是野蛮人。"杰弗里·费恩震惊地说，"他们的文化很先进，婚姻仪式极为繁复，婚礼当晚，新娘的朋友……嗯，还是别说好了。但很有趣的是，有一次，女祭司的神圣婚礼……不行，我真的不该再讲下去了。谈谈结婚礼物吧，你想要什么结婚礼物，安？"

"你真的不需要送礼，杰弗里。"

"通常会送一件银器对吧？我好像记得买过银杯子……不对，那是受洗用的。汤匙呢？还是烤面包架？啊，我想起来了，我买过玫瑰形的碗。可是，亲爱的安，你知道这家伙的底细吗？我是说，他有没有替朋友作保之类的？因为这种可怕的事时有耳闻。"

"他又不是在码头上跟我搭讪的，而且我的保险受益人也不是他。"

杰弗里·费恩再次担心地瞄她一眼，看到安哈哈大笑，才稍感放心。

"那就好，那就好，怕你嫌我烦，不过还是小心为上。你女儿怎么说？"

安面露忧色地说："我写了封信给莎拉，她在瑞士。可是我还没收到任何答复。当然啦，她应该才刚收到信，但我觉得……"她没再往下说。

"回信这档事本来就很容易忘，我自己就愈来愈糊涂了。有人请我三月到奥斯陆做一系列演说，我本想复信的，结果忘得一干二净，昨天才在旧外套口袋里找到邀请函。"

"你还有很多时间回信啊。"安安慰道。

杰弗里·费恩悲伤地用蓝眼望着她说:"可惜那是去年三月的邀请啊,亲爱的安。"

"噢,天啊!可是,杰弗里,那封信怎么会一直放在外套口袋里?"

"那是一件很旧的外套,其中一只袖子都快掉了,穿起来很不舒服,我就……嗯,把它搁到一边了。"

"你真该找个人来照顾你,杰弗里。"

"我宁可不要被照顾,以前找过一个非常好管闲事的管家,厨艺一流,但有洁癖,把我关于布里亚诺制雨者的笔记全扔了,损失无可弥补。她的托词是我把笔记放在煤箱里,但我跟她说:'煤箱又不是垃圾桶!太太……太太',且不管她叫什么。女人,我恐怕,真是不懂轻重,把打扫奉若圭臬,宛如仪式。"

"真的哎。劳拉·惠兹特堡——你一定认识她——就吓我说,一天洗两次脖子的人,内心往往十分险恶,显然愈肮脏邋遢,心灵就愈纯净!"

"是——吗?好了,我该走了。"他叹口气,"我会想你的,安,你不知道我会多想念你。"

"你又不会失去我,杰弗里,我不会离开的,理查德在伦敦有份工作。你会喜欢他的。"

杰弗里·费恩再叹口气。

"以后就不一样了,当一位美好的女人一嫁给男人……"

他握紧安的手,"你对我来说非常重要,安,我差点偷偷希望……但不可能的,像我这种老头子,你一定会觉得沉闷。不过我一心一意待你,安,由衷希望你幸福。你知道你让我想到什么吗?想到荷马的诗句。"

他开心地引用了一大段希腊文。

"念完了。"他兴奋地说。

"谢谢你,杰弗里,"安表示,"但我不懂它的意思。"

"意思是……"

"不,别告诉我,其意不会更胜其音,希腊文真是美丽的语言,再见了,亲爱的杰弗里,谢谢你……别忘了你的帽子。那不是你的伞,是莎拉的阳伞。还有……你的公事包。"

杰弗里离开后,安关上前门。

伊迪斯从厨房探出头。

"跟小孩子一样没救,对吧?"她说,"偏偏他又不傻,在某方面还挺聪明的,不过他热心钻研的那些原始部落,心思并不怎么纯正。他送你的那座木雕像,被我塞到被单柜后头了,得找个无花果叶遮掩一下。不过老教授本身毫无邪念,而且他也没那——么老。"

"他四十五岁。"

"就是嘛,都是读太多书才会秃成那样。我侄子的头发是发烧后掉的,秃得跟蛋一样光溜,但后来又长了些回来。这儿有两封信。"

安拿起信。

"退件?"她脸色一变,"噢,伊迪斯,这是我寄给莎拉的信哪,我怎么那么蠢,只写了旅馆名称,没写地名,真不知我最近怎么搞的。"

"我知道。"伊迪斯意有所指地说。

"我做了件最笨的事……另一封是劳拉女爵寄来的……噢,她人真好,我得打电话给她。"

安走到客厅拨电话。

"劳拉吗?我刚收到你的信,你太客气了,我最喜欢毕加索了,一直想要有一幅他的画,我会把画挂到书桌边,你待我真好。噢,劳拉,我好白痴!我写信把一切跟莎拉说了,但这会儿信被退回来了,因为我只写了瑞士阿尔卑斯旅馆,没写地名,你相信我会这么蠢吗?"

劳拉女爵用低沉的嗓音说:"嗯,有意思。"

"什么叫有意思?"

"就是有意思啊。"

"我知道你的语气,你是在暗示我并不希望莎拉收到信或之类的吧?又是你的怪理论——所有错误都是蓄意的。"

"这不是我独有的理论。"

"反正不是事实!莎拉后天就回来了,她完全不知情,我得费很多唇舌跟她解释,实在太难为情了,教我从何说起。"

"是的,不想让莎拉收到信,就是这种后果。"

"但我真的希望她收到信,你别这么讨厌嘛。"

电话那头传来轻笑。

安生气地说:"反正那个理论很可笑!就好比杰弗里·费恩刚才来过,他找到一封去年三月邀请他去奥斯陆演讲的信,被他搁置了一年。你大概又要说,他是故意的啰?"

"他想去奥斯陆演讲吗?"劳拉女爵问。

"我想……嗯,不知道。"

劳拉女爵坏坏地说:"有意思。"然后便挂断了。

❖

理查德·克劳菲在街角花店买了一束黄水仙。

他心情极佳,原有的疑虑一扫而空,开始融入新的工作状态。老板梅里克·赫尔纳为人体贴,他们在缅甸建立的情谊回到英国依旧未变。这不是技术性工作,而是例行的行政职务,他在缅甸及亚洲的相关知识十分管用。理查德不是什么顶尖人才,但非常尽职勤恳,又知晓事理。

刚返回英国时的钝挫已被他抛诸脑后,就像一切顺心似的重新展开了新生活。有合意的工作、友善体贴的老板,且即将迎娶心爱的女子。

想到安将照顾自己,理查德便天天欢心。安是如此的可爱、温柔而讨人喜欢!有时当他有点独断时,抬眼便会看到安调皮地望着他笑。他很少被人嘲弄,一开始颇不是滋味,但最后他必须承认,他可以接受安的揶揄,而且还颇乐在其中。

当安说:"这样会不会太傲慢哪,亲爱的?"他会先皱皱眉,然后跟着她大笑说:"是有一点独断啦。"

有一回他对安说:"你对我帮助好大,安,你让我变得更有同情心了。"

安很快答道:"我们对彼此都很有帮助。"

"我能为你做的不多,只能照顾你、呵护你。"

"别太照顾我,否则会加剧我的缺点。"

"加剧你的缺点?你根本没有缺点。"

"噢,我有的,理查德,我不想违逆别人,希望别人喜欢我,我不喜欢吵架或麻烦事。"

"幸好你不喜欢!我痛恨吵架。有些妻子老爱吵吵闹闹的,我见过一些!我最喜欢你这一点了,安,你总是那么温柔婉约,亲爱的,我们一定会非常幸福。"

她轻声说:"是的,我们很快乐。"

安心想,自从第一次遇见理查德后,他改变好多,不再像以前那样气势凌人地为自己辩解。就像理查德自己说的,他变得更富同情心,也更有自信了,因此越发包容与友善。

理查德捧着黄水仙走向公寓,安住在三楼,理查德跟已认得他的门房打招呼后踏进电梯。

伊迪斯帮他开门,理查德听见安在走廊尽头上气不接下气地喊道:"伊迪斯,伊迪斯!你有看见我的袋子吗?我不知放到哪里了。"

"午安,伊迪斯。"理查德进门时说。

他在伊迪斯面前向来不自在，他会用温和到做作的声音来掩饰紧张。

"午安，先生。"伊迪斯毕恭毕敬地说。

"伊迪斯——"安的声音十分火急地从寝室传来，"你听见了吗？快来呀！"

她走到廊上。这时伊迪斯说了："克劳菲先生来了，夫人。"

"理查德？"安讶异地穿过长廊走向他，将理查德拉到客厅，回头对伊迪斯说："你一定得找到那个袋子，看我有没有留在莎拉的房里。"

"我看你都快疯了。"伊迪斯边走边叨念。

理查德拧着眉，伊迪斯说话没大没小，令他觉得很失恭敬，十五年前，下人哪敢这样说话。

"理查德，没想到你今天会来，我以为你明天才会过来吃午饭。"

她似乎有些惊吓、紧张。

"明天感觉太久了。"他笑道，"送你的。"

他将黄水仙递给开心惊呼的安，忽然发现屋内已有一大盆鲜花了。壁炉边的矮桌上摆了盆风信子，还有一株株初绽的郁金香和水仙。

"你看起来很开心啊。"他说。

"当然，莎拉今天要回来。"

"对哦。她今天要回来，我都忘了。"

"噢，理查德。"

她的语气有些怨怼，他是真忘了。他的确知道莎拉返家的日期，但他和安昨天看戏时，两人都没再提到这档事。他们两个讨论过，同意莎拉回家当晚，由安全心陪她，理查德第二天再过来吃中饭，见他未来的继女。

"对不起，安，我真的忘了，你似乎很兴奋。"他有点吃味。

"回家本来就是大事，你不觉得吗？"

"我想是吧。"

"我正要去车站接她。"她瞄着表，"噢，没关系，反正联船火车①向来会迟到。"

伊迪斯拿着安的袋子，大步走到客厅。

"你把袋子放在被单柜里了。"

"对哦，那时我正在找枕头套。你帮莎拉铺好她的绿床单了吗？没忘吧。"

"我什么时候忘过事了？"

"记得摆烟了吗？"

"是的。"

"还有她的布玩具？"

"嗯，嗯，没忘。"

伊迪斯溺爱地摇头走开。

---

① 联船火车（boat train），配合船班发车的火车。

"伊迪斯，"安嗔着她喊，将黄水仙递上去，"麻烦你把花插到花瓶里。"

"恐怕找不到花瓶了！算了，我会设法找个什么。"

她接过花之后离开了。

理查德说："你兴奋得跟小孩一样，安。"

"想到又能见到莎拉，就好开心。"

他不甚自在地逗她说："你是多久没见到她——整整三个星期吗？"

"我很好笑是吧，"安对他说，"可是我真的很爱莎拉，你不会希望我不爱她吧？"

"当然不会，我很期待见到她呢。"

"她非常率直热情，你们一定能处得很好。"

"我相信会的。"他挂着笑容说，"她是你女儿，一定是位可爱贴心的人。"

"你能这样说真好，理查德。"她搭住理查德的肩，把脸凑向他，吻着他，喃喃地说："你……你会耐着性子吧，亲爱的？我是说，我们结婚的事，或许会令她震惊，如果我不那么笨，能把信寄到就好了。"

"别担心，亲爱的，相信我，莎拉一开始或许难以接受，但我们会让她明白这是一桩良缘。我跟你保证，她说什么都不会惹我生气。"

"噢，她什么也不会说，莎拉很有礼貌，但她痛恨改变。"

"别担心,亲爱的,她毕竟躲不掉的,对吧?"

安没回应理查德的玩笑,依然忧心忡忡。

"如果我能立即写信就好了……"

理查德大笑道:"你看起来就像被逮到偷糖的小女孩!不会有事的,宝贝。莎拉和我很快便会成为朋友。"

安怀疑地看着他,他的轻松自信令她不安,她宁可理查德有些紧张。

理查德继续说道:"亲爱的,你真的不该担心成这样!"

"我通常不会这样。"安说。

"可是你就是一副担心到发抖的模样。其实这件事很单纯。"

安说:"我只是很……嗯,很害羞吧,不知道该如何开口、该说什么。"

"何不这么说:莎拉,这位是理查德·克劳菲,我三个星期后要嫁给他。"

"这么直接?"安忍不住笑了,理查德也笑着。

"那不是最棒的方法吗?"

"或许吧。"她踌躇不决,"你无法理解我觉得有……多么傻。"

"傻?"他瞪她一眼。

"跟长大的女儿说自己要结婚,好傻。"

"我无法理解为什么会觉得傻。"

"也许是因为年轻人认为你早该心如古井吧,对他们而言，我们已经老了，他们认为爱——我是指谈恋爱——是年轻人专属的。发现中年人会恋爱结婚，他们一定觉得很荒谬。"

"这事一点也不荒谬。"理查德断然表示。

"我们不觉得，因为我们就是中年人。"

理查德蹙着眉，再次开口时，语气略显严酷。

"听我说，安，我知道你和莎拉非常亲近，她可能会排斥我、嫉妒我，这很自然，我能理解，也准备去包容。莎拉开始时一定会讨厌我，但最终必会接受。我们得让她了解，你有权利过自己的生活，寻求幸福。"

安微红着脸。

"莎拉不会阻碍我寻求你所谓的'幸福'，"她说，"莎拉不是坏心眼或小气的女孩，她是世上最慷慨大方的人。"

"你真是杞人忧天，安，你要结婚，说不定莎拉会为你开心，也会为能更自由地去过自己的生活而开心。"

"过自己的生活。"安轻蔑地重复道，"理查德，你怎么讲得跟维多利亚时期的小说一样。"

"你们这些当妈妈的从来不希望小鸟离巢。"

"你错了，理查德——完全错了。"

"我不想惹你生气，亲爱的，但有时母亲的溺爱反而坏事。我年轻时非常爱我父母，但跟他们住在一起，着实令人抓狂，他们老是追问我的行踪，'别忘了带钥匙'，'关门时别那么大声'，'你上次忘记关走廊灯了'，'什么？今晚又要出门？我们为你做了那么多，你却一点都不关心家里'。"他顿了一下，"我真的很关心家里。但天哪，我更想得到自由。"

"那些我都了解。"

"所以，万一莎拉出乎你意料地渴求独立，你也不必觉得受伤，别忘了，现在的女孩工作机会遍地都是。"

"莎拉不是职业妇女型的。"

"那是你的说法，现在大部分女孩子都有工作。"

"主要都是出于经济需要，不是吗？"

"什么意思？"

安不耐地说："你真的与现实脱节了十五年，理查德。以前的潮流是'过自己的生活''出去见识世界'，女孩子现在虽还这么做，但这已不特别值得炫耀了。为了应付赋税及遗产税等等，女人当然有一技之长最好。莎拉并无特长，她虽然熟知当代语言，学过花艺——我们有位开花艺店的朋友安排她到店里工作，我想莎拉应该也喜欢，但那只是份工作而已，不必大肆宣扬追求独立什么的。莎拉爱这个家，她在家里非常快乐。"

"很抱歉让你生气了，安，可是……"

看到伊迪斯探头进来，理查德登时住嘴。伊迪斯面露得意之色，一副偷听到秘密的模样。

"我不想打扰你，夫人，可是你知道现在几点了吗？"

安垂眼看表。

"还有很多时……怎么搞的,时间跟我上次看的一模一样。"她将表凑到耳边,"理查德,我的表停了。究竟几点钟了,伊迪斯?"

"整点过二十分了。"

"天哪,我接不到她了,可是船和火车总是迟到,不是吗?我的袋子呢?噢,这儿,幸好现在计程车很多。不,理查德,你别跟来,你留下来跟我们一起喝茶,是的,就这么办,我是说真的,我想这样最好,真的,我必须走了。"

她冲出客厅,砰地关上前门。快速掠过的毛皮大衣将两朵郁金香从花盆里扫了出来,伊迪斯弯身拾起花儿,仔细重新摆回盆里,嘴里嘟囔道:"郁金香可是莎拉小姐最爱的花呢,尤其是紫红色的。"

理查德生气地说:"这个地方似乎全绕着莎拉小姐转。"

伊迪斯很快瞄他一眼,一脸不敢苟同。她用平板无情绪的声音说:"啊,莎拉小姐就是有一套,那是无可否认的。我发现,有些年轻女孩丢三落四,以为一切会有人善后、帮忙整理,但你就真的什么都甘愿帮她们做!有些女孩乖巧得要命,啥都打理得整整齐齐,不劳你动手,然而你就是无法像这样疼爱她们。这世界本来就不公平,只有政客那种神经病才会谈什么公平分享,有些人得人疼,有的没人缘,就这么回事。"

她边说边绕着客厅,整理一两样物件,拍拍垫子。

理查德点根烟,语气和悦地问:"你跟普伦蒂斯太太很久了吧,伊迪斯?"

"二十多年啰,有二十二年了。安小姐嫁给普伦蒂斯先生之前,我就来帮她母亲了。他真是位谦谦君子。"

理查德瞥了她一眼,敏感的理查德觉得对方似乎稍稍强调了"他"这个字。

理查德问道:"普伦蒂斯太太跟你说过,我们不久就要结婚了吗?"

伊迪斯点点头。

"不说我也知道。"

由于害羞,理查德只能僵硬地朗声说:"我……我希望我们能当好朋友,伊迪斯。"

伊迪斯板着脸表示:"我也希望如此,先生。"

理查德的语气依然很僵:"我担心你的工作量太大,我们应该再找个人来帮……"

"我不喜欢外头找来的女仆,我一个人做事比较方便。当然,家里多个男人一定不一样,首先,吃饭就不同了。"

"我食量并不大。"理查德安抚她说。

"是吃饭的习惯。"伊迪斯说,"男士们不喜欢用餐盘吃饭。"

"女人的确太常用餐盘。"

"也许吧。"伊迪斯坦承道。她用一种奇怪的阴郁口气说:"我不否认,家里多个男人,会比较有生气。"

理查德差点感激涕零起来。

"你能这么说真好。"他热切地说。

"噢,你可以信赖我,先生,我绝不会离开普伦蒂斯太太的,天塌了我也会守着她,而且逃避问题不是我的作风。"

"问题?此话怎说?"

"暴风雨啊。"

理查德又重述一遍伊迪斯的话:"暴风雨?"

伊迪斯定定地面对他说:"没有人来问我意见,我也不会乱发言,但我想说的是,假如莎拉小姐回家后发现你们已经结婚,无可回头了,事情可能还好办些……假如你明白我意思的话。"

前门门铃响了一声,接着又一遍遍作响。

"我知道是谁在按。"伊迪斯说。

她到走廊开门,立即传来一男一女的声音,伴随着笑声与惊呼。

"伊迪斯,你这老宝贝。"说话的是个女孩,声音温柔富磁性。"妈妈呢?来吧,杰拉尔德,把滑雪板放到厨房里。"

"不许放厨房。"

"妈妈呢?"莎拉·普伦蒂斯走进客厅,边回头问道。

她是个高大黑发的女孩,理查德·克劳菲没料到她如此开朗活泼,他见过公寓里莎拉的照片,但相片无法呈现真实。他还以为会见到年轻版的安——一个更有个性、更现代的安——但还是同一类型。可是莎拉·普伦蒂斯却遗传了父亲的活泼与魅力,散发出异国风味与热情,她的出现,似乎改变了整个公寓的氛围。

"噢,好美的郁金香,"她欢呼着弯向花盆,"郁金香有种属于春天的淡淡柠檬香,我……"

她挺身看到克劳菲时,忍不住瞪大眼睛。

理查德走向前说:"我是理查德·克劳菲。"

莎拉优雅地与他握手,客气地问道:"你在等我母亲吗?"

"她刚去车站接你——约五分钟前。"

"妈妈这个傻瓜宝贝!伊迪斯是怎么搞的,怎么没让她准时出门?伊迪斯!"

"她的手表停了。"

"妈妈的手表……杰拉尔德——你在哪儿,杰拉尔德?"

一个英俊帅气、面露愠色的年轻人,两手各拎着一只箱子探脸进来。

"我是机器人杰拉尔德。"他说,"莎拉,这些箱子要摆哪儿?公寓为什么没有门房?"

"我们有门房啊,可是你若搬着行李回来,他们就会遁形不见了。把箱子放到我房间吧,杰拉尔德。噢,这位是杰拉尔德·劳埃德先生,这位是……呃……"

"克劳菲。"理查德回道。

伊迪斯进来了,莎拉一把抱住她重重一吻。

"伊迪斯,看到你这张可爱的臭脸真好。"

"臭脸没错,"伊迪斯啐道,"不许吻我,莎拉小姐,你应该要知道自己的身份。"

"别生气嘛，伊迪斯，你明明很高兴看到我。哇，家里好干净哦！还是老样子，印花棉布和妈妈的镶贝箱——噢，沙发换地方啦，还有书桌，原本是摆在那边的。"

"你母亲说这样能腾出更多空间。"

"不，我要本来的样子。杰拉尔德！杰拉尔德，你在哪里？"

杰拉尔德·劳埃德走进来说："又怎么了？"莎拉已经去推书桌了，理查德上前帮忙，杰拉尔德却开心地说："别麻烦了，先生，我来就好。你想摆哪儿，莎拉？"

"摆回以前的地方，那边。"

两人搬完书桌，将沙发推回原位后，莎拉叹口气说："好多了。"

"我倒不太确定。"杰拉尔德退开评论道。

"我很确定。"莎拉说，"我喜欢一切照旧，否则家就不成家了。那个有小鸟图案的垫子呢，伊迪斯？"

"拿去送洗了。"

"噢，好吧，没关系，我得去瞧瞧我的房间了。"她在门口停下说，"去调点酒，杰拉尔德，弄一杯给'加菲'先生，东西摆哪儿你都知道。"

"没问题。"杰拉尔德看看理查德，"你想喝什么，先生？马丁尼，还是琴酒加橙汁？或粉红杜松子酒？"

理查德突然决定离开。

"不用,谢谢你,不必为我准备,我得走了。"

"你不等普伦蒂斯太太回来吗?"杰拉尔德有种可爱迷人的气质,"她应该很快就会回来了。等发现火车在她抵达前就进站后,她就会立即折回来了。"

"不用,我得走了,请告诉普伦蒂斯太太,呃——维持原议,明天见。"

他对杰拉尔德点头致意,然后来到走廊,他可以听见莎拉在卧室里连珠炮似的跟伊迪斯说话。

理查德心想,现在最好别留下来,他和安原本的计划比较妥当。今晚由她告诉莎拉,明天他再过来吃午饭,跟未来的继女建立情谊。

理查德很心烦,因为莎拉与想象中的不同,他原以为莎拉被安宠坏了,处处依赖母亲。而今她的美貌、精力和自信却令他震慑。

莎拉原本在他心中只是一个概念,现在已成为现实。

第六章

莎拉边系紧身上的织锦长袍,边返回客厅。

"我得把滑雪装脱下来,我好想泡澡,火车上好脏!酒好了吗,杰拉尔德?"

"拿去。"

莎拉接过酒杯。

"谢谢,那男的走了吗?调得真好。"

"他是谁?"

"我从没见过他,"莎拉大笑说,"一定是妈妈的追求者之一。"

这时伊迪斯进房间拉窗帘。

莎拉问道:"伊迪斯,那男的是谁?"

"你母亲的朋友,莎拉小姐。"伊迪斯说。

她用力扯动窗帘,然后走到第二扇窗边。

莎拉开心地说:"我是该回来帮她挑朋友了。"

伊迪斯应道:"嗯。"然后拉开第二扇窗帘,接着她直视莎拉问:"你不喜欢他?"

"不,我不喜欢。"

伊迪斯咕哝一声就离开了。

"她刚才说什么,杰拉尔德?"

"好像是说'太可惜了'。"

"真怪。"

"听起来挺神秘的。"

"噢,你又不是不知道伊迪斯。妈妈为什么还不回来?她为什么非搞得这么奇怪不可?"

"她通常不会这样含糊,至少我不这么觉得。"

"幸好有你来接我,杰拉尔德,抱歉都没写信给你,但你应能谅解。你为什么能提早离开办公室到车站?"

杰拉尔德顿了一下才说:"噢,目前并不会特别困难。"

莎拉机警地坐直看他。

"杰拉尔德,你坦白说,出什么事了?"

"没什么,只是事情进行得不太顺利。"

她责备道:"你说过会耐住性子、控制脾气的。"

杰拉尔德皱起眉头。

"我知道,亲爱的,可是你根本不明白那是何种情形。

唉,我才刚从韩国那种鬼地方回来——不过至少那边的人都不错——便一头栽进铜臭味十足的锡蒂①办公室里,你根本不了解卢克叔叔,他又胖又老,一对贼溜溜的猪眼,'很高兴你回来啦,我的孩子。'"杰拉尔德模仿得极像,嘶哑哮喘着带有一种油滑腔调说,"'呃,啊!希望你能收心了,好好上班,呃,啊,努力工作。我们……呃,缺人手,你若肯用心做事,呃,啊,一定前途大好。当然啦,嗯,你得先从基层干起。不能,呃,啊,徇私,这是我的原则。你四处游荡很长一段时间了,现在咱们瞧瞧你能不能踏踏实实地认真工作。'"

他站起来踱着步。

"四处游荡,那个死胖子竟然说我在陆军服役是四处游荡!我真想看看他被中国红军砍的样子。这些有钱的吸血鬼只会用肥屁股坐在办公室里,眼里除了钱,别的都看不到……"

"噢,够了,杰拉尔德。"莎拉极不耐烦地说,"你叔叔只是缺乏想象力而已。总之,是你自己说得找份工作挣钱。我相信工作本身并不愉快,但你还有别的选择吗?你算运气好了,有个富有叔叔在锡蒂,大部分人抢破头还没有这种机会呢!"

"他为什么会有钱?"杰拉尔德说,"因为他拿该给我的

---

① 锡蒂(the City),伦敦的金融中心、大型商业机构的发祥地。

钱去赚钱。哈里叔公把钱给了他,却没留给我那身为兄长的父亲……"

"别提那些了,"莎拉说,"反正等钱到了你手上也所剩无几,大概都被遗产税扣掉了。"

"但那太不公平了,这点你得承认吧?"

"事情十之八九都不公平,"莎拉说,"抱怨又有何用,只会让你变得乏味而已;一味诉说自己的不得志,真令人厌烦。"

"我觉得你不太有同情心,莎拉。"

"是没有。我相信人要坦率,我觉得你要么干脆辞职,要么停止抱怨,感谢自己命好,能有个猪眼哮喘的富有叔叔罩你。嘿,我终于听到老妈的声音了。"

安打开门,冲入客厅。

"莎拉,我的宝贝。"

"妈——终于看到你了。"莎拉重重抱住母亲说,"你跑到哪儿去了?"

"都是我的表害的,表停了。"

"幸好有杰拉尔德来接我。"

"噢,哈啰,杰拉尔德,我刚才没看见你。"

安心里虽然烦恼,仍笑脸迎人地跟他招呼。她好希望莎拉跟杰拉尔德分手。

"咱们仔细瞧瞧你,亲爱的。"莎拉说,"你看起来好美,那是新帽子吧?你看起来气色好极了,妈妈。"

"你也是,而且晒得好黑。"

"雪地的太阳嘛,我没浑身裹石膏回来,伊迪斯一定很失望。你巴不得我摔断几根骨头,对不对,伊迪斯?"

端着茶盘进来的伊迪斯没回应。

"我拿了三个杯子来,"她说,"不过莎拉小姐和劳埃德先生既然已经在喝琴酒,应该不会想喝茶了。"

"你干嘛讲得那么无奈,伊迪斯。"莎拉说。"反正啊,我们有问某某先生要不要喝茶。妈妈,他是谁?他的名字跟花椰菜①挺像的。"

伊迪斯对安说:"克劳菲先生说他不等了,夫人,他会照原计划明天再来。"

"克劳菲是谁,妈妈?还有,他明天为何非来不可?我们又不希望他来。"

安很快答道:"再喝杯东西吧,杰拉尔德要不要?"

"不用了,谢谢你,普伦蒂斯太太,我真的得走了。再见,莎拉。"

莎拉陪他来到走廊,杰拉尔德说:"今晚要不要去看电影?金像戏院有部很棒的欧洲片。"

"哦,应该很好玩。可是不行,我最好别去,毕竟这是我返家的第一个晚上,应该陪陪妈妈。我若是又立刻跑出门,可怜的妈妈一定会很失望。"

---

① 花椰菜(cauliflower)与克劳菲(Cauldfield)发音近似。

"莎拉,你真是个好得吓人的女儿。"

"我妈人那么好。"

"噢,我知道。"

"当然啦,她很爱问一大堆问题,像认识谁啦、做了什么,但总体而言,她是位非常明理的妈妈。这样吧,杰拉尔德,如果我发现出门没关系的话,稍后再拨电话给你。"

莎拉走回客厅,开始吃蛋糕。

"这些是伊迪斯的拿手蛋糕,"她说,"口感真好,真不知她是去哪里弄来这些材料的。妈,告诉我,你这阵子都在做什么,有没有跟格兰特上校和其他男性友人出去玩?"

"没——也算是有……"

安没往下说,莎拉瞪着她。

"怎么了吗,妈妈?"

"怎么了?没有呀,干嘛这么问?"

"你看起来怪怪的。"

"有吗?"

"妈,你有事哦,你看起来真的很奇怪,告诉我吧,我从没见过你这种有罪恶感的表情,妈,你到底有什么事?"

"其实也没什么,噢,莎拉,亲爱的——你一定要相信以后不会有任何差异,一切都会维持原样,只是……"

安话音渐歇,"我真是个懦夫。"她心想,"在女儿面前怎会如此怯场?"

莎拉一直盯住母亲,她突然露出热情的笑容。

"我相信你啊……说吧,老妈,快老实招来。你该不会是要告诉我,我快要有继父了吧?"

"噢,莎拉。"安松了一大口气,"你怎么猜到的?"

"一点也不难,我不曾见过有人怕成这样的,你以为我会很介意吗?"

"我想是吧。你不介意吗?真的?"

"不介意。"莎拉正色道,"其实我觉得你应该再婚,爸爸毕竟去世十六年了,你应趁早再拥有性生活,你正值所谓'如狼似虎'的年纪,偏又太老派,不肯跟人搞婚外情。"

安无助地望着女儿,觉得一切与她想象的南辕北辙。

"没错,"莎拉点头说,"你一定得再婚才成。"

安寻思:"真是我的宝贝怪女儿。"但嘴上什么都不敢讲。

"你还风韵犹存,"莎拉继续天真热情地说,"那是因为你皮肤好,不过你若把眉毛修修,就更美啦。"

"我喜欢我的眉毛。"安执拗地说。

"你真的非常迷人呢,亲爱的,"莎拉说,"我很惊讶你从没修过眉。对了,对方是谁?我猜想有三个人选。第一,格兰特上校,第二,费恩教授,第三是那个名字很难念的忧郁波兰人。不过我相信应该是格兰特上校,他已经追你好几年了。"

安屏息说:"不是詹姆斯·格兰特,是……理查德·克劳菲。"

"谁是理查德·克劳菲?不会是刚才在这儿的那个男人吧?"

安点点头。

"不行,老妈,他太自负、太讨人厌了。"

"他一点也不讨厌。"安立即辩说。

"说真的,妈,你可以找个比他更优秀的对象。"

"莎拉,你不懂自己在说什么,我……我非常喜欢他。"

"你是说你爱他?"莎拉摆明了不信,"你是说,你真的热恋上他了?"

安再次点头。

莎拉说:"你知道吗,我实在无法接受。"

安挺起肩说:"你才刚见过理查德一面,等你了解他了,一定会很喜欢他。"

"他看起来好盛气凌人。"

"那是因为他害羞。"

莎拉缓缓说道:"反正是你的事。"

母女俩默坐良久,两人都很尴尬。

"你知道吗,妈妈,"莎拉打破沉寂说,"你真的需要人照顾,我才离开几个星期,你就干出傻事了。"

"莎拉!"安怒从中来地说,"你太刻薄了。"

"对不起,亲爱的,但我真的这么认为。"

"我可不这么想。"

"这件事进行多久了?"莎拉追问。

安忍不住大笑。

"莎拉,你的口气好像古装剧里的严父。我三周前认识理查德的。"

"在哪里?"

"跟詹姆斯·格兰特在一起时遇到的。詹姆斯认识他很多年了,他刚从缅甸回来。"

"他有钱吗?"

安又感动又生气,这孩子怎么如此难搞?问这么一大堆问题。她抑住脾气,淡淡嘲讽道:"他有自己的收入,绝对养得起我。他在赫尔纳兄弟公司上班,是锡蒂一家大公司。说真的,莎拉,你这样子,人家还以为我是你女儿呢。"

莎拉肃然说道:"总得有人照顾你,亲爱的,你根本不懂得照顾自己。我很爱你,可不希望你干出傻事。他是单身、离婚,还是鳏夫?"

"他太太多年前死了,生第一胎时去世的,宝宝也死了。"

莎拉叹气摇头。

"这下我全明白了,他就是这样迷住你的,悲情是你的罩门。"

"别这么荒谬,莎拉!"

"他有姊妹、老母亲或之类的吗?"

"他好像没有较近的亲人。"

"幸好如此。他有房子吗?你们打算住哪儿?"

"我想会住这里吧,这边有很多房间,而且他又在伦敦工作,你不介意吧,莎拉?"

"噢,我不会介意,我只是全心替你着想。"

"亲爱的,你真贴心,可是我很清楚自己的事,我有把握跟理查德在一起会很幸福。"

"你们打算何时结婚?"

"三周后吧。"

"三个星期?噢,你不能那么快就嫁他。"

"没理由再拖呀。"

"噢,拜托你稍微延后一下吧,给我一点时间——去适应,求求你,妈妈。"

"我不知道……我们再看看……"

"六个星期,那就等六周。"

"事情尚未确定,理查德明天会过来吃午饭,莎拉,你会善待人家吧?"

"我当然会善待他,你想呢?"

"谢谢你,亲爱的。"

"开心一点,老妈,没啥好担心的。"

"相信你们两个一定会彼此喜欢。"安心虚地说。

莎拉默不搭腔。

安忽然又闹起脾气说:"至少你可以试着……"

"都说你不用担心了嘛。"莎拉停了一会儿后又说:"你大概会希望我今晚待在家里吧?"

"怎么，你想出去吗？"

"本来也许会出去，但我不想丢下你一个人，妈妈。"

安朝女儿一笑，又恢复旧时的亲密。

"噢，我不会孤单的，其实劳拉有邀我一起去听演讲。"

"老劳拉还好吗？还是那么精力旺盛？"

"是啊，她一点都没变。我原本婉拒了，但我只需打个电话给她就成了。"

或者打个电话给理查德……安很快甩掉这个念头，最好等明天他和莎拉见面后再说。

"所以没关系吗？"莎拉说，"我去打电话给杰拉尔德。"

"噢，你是要跟杰拉尔德出去？"

莎拉挑衅地说："是啊，不行吗？"

安没理会她，只是轻声说："我还以为……"

第七章

"杰拉尔德?"

"怎么了,莎拉?"

"我不太想看这部电影,我们能不能到别的地方聊聊天?"

"当然可以,要不要去吃点东西?"

"我吃不下了,伊迪斯喂得我好撑。"

"那我们去找个地方喝东西。"

他瞥了莎拉一眼,不知她哪里不开心。一直等饮料送到面前,莎拉才突然开口:"杰拉尔德,妈妈要再婚了。"

"哇!"他真的很讶异。

"你都不知情吗?"杰拉尔德问。

"我怎么会知道？她是在我走后才遇到他的。"

"进展真神速。"

"太神速了，我妈实在够没谱的！"

"对方是谁？"

"今天下午的那个男人，名字很像花椰菜的那位。"

"噢，那位啊。"

"是啊，你不觉得他根本不合适吗？"

"我没怎么注意他，"杰拉尔德想了一下，"他看起来很普通。"

"他根本不适合我妈。"

"我想这点她自己最能拿捏。"杰拉尔德淡淡地说。

"她才不懂，我妈妈的问题就是个性太柔弱、同情心强，她需要有人照顾。"

"显然她也这么认为。"杰拉尔德咧嘴笑道。

"不许笑，杰拉尔德，这事很严肃，花椰菜不适合我老妈。"

"那是她自己的事。"

"我向来认为自己得照顾她，我比老妈更懂人情世故，而且比她强悍得多。"

杰拉尔德未敢驳斥，基本上他很同意莎拉的说法，但心里还是犯嘀咕。

他缓缓说："那还是一样，莎拉，假如她想再婚……"

莎拉当即打断他说："噢，我也赞成妈妈应该再婚，我跟她说过,她渴爱太久,没有正常的性生活。但她绝不能嫁给花椰菜。"

"你不认为……"杰拉尔德犹豫地住了口。

"不认为什么?"

"你有可能……对每个人都是那种感觉吗?"杰拉尔德有些不安,但还是说出口了,"毕竟你很难真的看出花椰菜适不适合她,你才跟他说了几句话,你不觉得你其实是……"杰拉尔德终于鼓起勇气吐出最后几个字,"在嫉妒吗?"

莎拉顿时剑拔弩张。

"嫉妒?我?你是说我会嫉妒继父?亲爱的杰拉尔德!我不是很久前就跟你说过——在我去瑞士之前——说我妈应该再婚的吗?"

"是啊,但说是一回事,"杰拉尔德谅解地表示,"事情真的发生了又是一回事。"

"我才不是那种爱吃醋的人。"莎拉说,"我只是顾虑妈妈的幸福。"

她说得十分理直气壮。

"我若是你,才不会去干涉别人的生活。"杰拉尔德坚定地表示。

"但她是我自己的妈妈啊。"

"也许她最清楚自己的事。"

"告诉你,我妈意志很薄弱。"

杰拉尔德表示:"反正这件事没有你插手的份儿。"

他觉得莎拉在大惊小怪，杰拉尔德已不想谈论安和她的情事了，他想谈谈自己。

杰拉尔德突然发话："我考虑要离开。"

"从你叔叔的公司辞职吗？噢，杰拉尔德。"

"我真的没法再做下去了，公司烂透了。我就算只晚到十五分钟，也会被批一顿的。"

"上班本来就该准时，不是吗？"

"一群顽固呆板的蠢猪！只会翻账目，整天心里只想着钱钱钱。"

"可是杰拉尔德，你辞职后要做什么？"

"噢，我会找到工作的。"杰拉尔德轻松地说。

"你已经试过很多工作了。"莎拉怀疑地说。

"你是指我老被炒鱿鱼吗？哼，这回我可不等人把我解雇。"

"可是杰拉尔德，说真的，你认为这个决定好吗？"莎拉像妈妈一样担心地望着他，"他是你叔叔，是你唯一的亲人，而且你说他做得很不错。"

"而且我若乖乖听话，他可能会把所有的财产都留给我？你是这个意思吗？"

"你不是一天到晚抱怨说，你叔公没把钱留给你父亲吗？"

"如果叔叔肯照顾家人，我就不必跟锡蒂那些富豪哈腰屈膝了。英国简直是烂到骨子里了，我决定要离开这里。"

"去国外吗?"

"是啊,到一个有机会的地方。"

两人都不说话,默想着那模糊不明的机会。

比杰拉尔德脚踏实地的莎拉尖锐地说:"没钱你能做什么?你根本没钱对不对?"

"我是没钱。噢,但我想一定有各种可以做的工作。"

"哼,你究竟能做什么?"

"你一定要这么扫兴吗,莎拉?"

"对不起,我的意思是,你又没有一技之长。"

"我很会处理人际关系,在户外是一条龙,不适合窝在办公室。"

"噢,杰拉尔德。"莎拉叹口气。

"怎么了?"

"不知道,生活很艰难哪,这些战事让生活变得非常动荡。"

两人郁郁地望着前方。

不久杰拉尔德宽宏大量地表示,愿意再给叔叔一次机会,结果获得莎拉大力称赞。

"我该回家了,"她说,"妈妈应该听完演说回来了。"

"哪方面的演说?"

"不知道,大概是'我们该何去何从'之类的吧。"

她起身说:"谢谢你,杰拉尔德,帮了我不少忙。"

"别抱持偏见,莎拉。你妈妈若喜欢那家伙,觉得跟他在一起会幸福,那才是重要的。"

"如果妈妈跟他在一起会幸福,那就没关系。"

"毕竟你自己将来不久也会结婚的——我想……"

杰拉尔德没看莎拉,莎拉定定望着自己的手提包。

"也许吧,"她喃喃说,"但我并不特别急着……"

两人之间悬荡着一种甜蜜而尴尬的气氛……

❖

第二天午餐,安终于放下心中的大石。莎拉的表现可圈可点,她客气地与理查德寒暄,餐间有礼地与他交谈。

安很以女儿的大方有礼为荣,她就知道莎拉可以信赖。女儿从不会让她失望。

安倒希望理查德能表现得好些,她知道理查德很紧张,极力想博取好感,结果却适得其反。他那流于说教的态度近乎傲慢,急欲表现平易近人的理查德,给人的感觉反而是强势凌人,而莎拉对他的尊重徒增他的气焰,他对自己的言论自信满满,似乎只有他的意见才正确。安十分懊恼,因为她知道这是理查德缺乏自信使然。

但莎拉怎会明白?她看到理查德最糟的一面,重点应该是让她体会理查德的善良才对啊。安紧张得坐立难安,惹得理查德十分毛躁。

餐罢,咖啡送来后,安推说得去打电话,让他们两人独处。她卧室里有分机。安希望只剩他们两个后,理查德会自在一点,展现出可爱的真性情,她在那边太碍事了,只要她离开,状况便会平顺下来。

莎拉为理查德递上咖啡,又闲话一会儿,两人便无话可聊了。

理查德打起精神,觉得坦白才是最好的做法,他今天对莎拉印象极佳,她丝毫没有敌意。理查德认为最好趁早让她了解自己很能体谅她的处境。行前他演练过话术,然而事先背好的台词在说出口后,却显得极为呆板造作。为了放松自己,理查德佯装温和自信,这与他羞怯的本性更是大相径庭。

"听我说,年轻的小姐,我有些事想对你说。"

"哦,是吗?"莎拉用美丽但毫无表情的脸望着他,客气地等他开口,理查德觉得更加紧张了。

"我只想说,我很了解你的感受,你一定觉得很震惊,你和母亲向来很亲,自然会抗拒外人闯入你们的生活,因此嫉妒难免。"

莎拉立即客气地回道:"我跟你保证,一点也不会。"

粗线条的理查德丝毫未能察觉那是一种警讯。

他继续无意识地说:"我说过了,那是很正常的,我不会逼你,你大可不理会我,等决定想跟我做朋友后,我会很乐意配合。但你必须考虑你母亲的幸福。"

"我的确考虑了啊。"莎拉说。

"迄今为止,她都为你无私付出,现在轮到她被照顾了。相信你会希望她幸福,请记住:你有自己的生活要过,你有自己的朋友、希望与志向,你若出嫁或就业,你的母亲便会孤零零的,非常寂寞,在这种节骨眼上,你一定得先以她为念。"

他顿了一下,觉得自己讲得很周全。

莎拉用客气、但带着一丝难以觉察到的不悦,打断了他的自喜。

"你常公开演说吗?"她问。

理查德吓了一跳,"怎么了吗?"

"我觉得你应该很擅长演说。"莎拉低声表示。

她靠在椅子上欣赏自己的指甲,理查德最讨厌涂成艳红色的指甲了,他发现对方展露了敌意。

理查德抑住火气,结果挤出近乎纡尊降贵的语气。

"也许我有点流于说教,孩子,但我希望你能注意几件之前可能忽略的事,我可以跟你保证一点:你妈妈不会因为照顾我,而少爱你一些。"

"真的吗?你真好心,来告诉我这件事。"

她的敌意这下再明显不过了。

如果理查德停止辩护,只简单地表示:"我把事情搞砸了,莎拉,我很害羞、不快乐,所以老说错话,但我真的很爱安,可能的话,我也希望博得你的喜爱。"或许还能化解莎拉的防御,因为她毕竟是个慷慨的人。

但理查德偏偏冷峻地说:"年轻人往往很自私,只顾自己,都不替别人想。不过你一定得考虑你母亲的未来,她有权利过自己的日子、把握住幸福。她需要有人照顾与保护。"

莎拉抬眼直直瞪向他，眼神冷锐而含蓄，令理查德十分不解。

"我非常赞同你的说法。"莎拉出乎他意料地说。

安忐忑不安地回来了。

"咖啡还有剩吗？"她问。

莎拉慢慢倒着咖啡，起身将杯子交给母亲。

"倒好了，妈妈，"她说，"你回来得刚好，我们刚谈完话。"

她走出客厅，安探询地望着理查德，只见他涨红了脸。

理查德说："你女儿很讨厌我。"

"耐心点，理查德，求求你对她耐点性子。"

"别担心，安，我早就有心理准备了。"

"这事对她来说太震撼了。"

"是的。"

"莎拉心地其实很好，她真的很可爱。"

理查德没回答，他觉得莎拉是个讨厌难缠的小鬼，但却不敢跟她母亲说。

"以后就会好了。"他安慰道。

"应该是的，只是需要点时间而已。"

两人都不开心，也不知接下来该说什么。

❖

莎拉回到房间，看都不看地就从衣柜里拿出衣服摊到床上。

伊迪斯进房说:"你在做什么,莎拉小姐?"

"噢,看看我的衣物,也许衣服该清洗或修补什么的。"

"我全检查过了,不劳你费心。"

莎拉没搭腔,伊迪斯瞄她一眼,看到莎拉眼中含泪。

"好了,好了,别那么往心里揪。"

"他好讨厌,伊迪斯,太讨人厌了。妈妈怎么会喜欢他?噢,一切都毁了!将来会全变得不一样了!"

"好了,莎拉小姐,闹脾气也没用,俗话说'话少易了、言多必失'。改变不了的事,就得接受。"

莎拉狂笑道:"小洞不补,大洞吃苦!滚石不生苔!你走开啦,伊迪斯,别来烦我。"

伊迪斯同情地摇头离开,将门关上。

莎拉放声痛哭,有如小孩,她难过极了,觉得痛苦无望。

她抽抽噎噎地哭道:"噢,妈妈,妈妈,妈妈……"

第八章

"噢,劳拉,能看到你真高兴。"

劳拉·惠兹特堡坐在直背椅上,她从不慵懒地靠坐。

"安,一切还好吗?"

安叹口气。

"莎拉变得非常难搞。"

"这是预料中的事,不是吗?"

劳拉·惠兹特堡维持惯有的轻松语气,却忧心地看着安。

"你看起来很憔悴,亲爱的。"

"我知道,我睡不好,头又痛。"

"别把事情看得太认真。"

"说得容易,劳拉,你根本不了解整个状况。"安心浮气躁地说，"我才让莎拉和理查德独处一下，他们便吵起来了。"

"莎拉在嫉妒。"

"恐怕是这样。"

"我说过，那都是意料中的事，莎拉基本上还是个孩子，所有小孩都会抗拒母亲关心别人、陪伴别人，你应该早有心理准备了吧，安？"

"有啊，虽然莎拉似乎表现得跟大人一样独立，但正如你说的，我已有准备了。只是令我猝不及防的，却是理查德对莎拉的妒意。"

"你以为莎拉会干蠢事，而理查德会比较平常心吗？"

"是的。"

"他基本上没什么自信。一个较有自信的男人只会大笑几声，叫莎拉滚一边去。"

安恼怒地揉着额头说："劳拉，你真的没搞清楚状况！他们为了愚不可及的小事闹翻，却要我选边站。"

"真有意思。"

"对你来说很有意思，我可快头痛死了。"

"那么你要选哪边站？"

"可以的话，我哪边都不想选，可是有时……"

"有时怎样，安？"

安沉默片刻后说："莎拉面对此事，比理查德聪明多了。"

"怎么说?"

"莎拉的态度总是非常得体,表面上举止合宜、不愠不火,但她很懂得如何激怒理查德,她会……折磨他,然后理查德便受不了,变得不可理喻。唉,他们为什么不能彼此喜欢?"

"我想是因为两人天性相克吧,你同意吗?或者你认为他们纯粹是为了你而争风吃醋?"

"只怕被你说中了,劳拉。"

"他们到底吵些什么?"

"全是些芝麻绿豆事。比如说,你记得我移动家具,把书桌和沙发换位置的事吧?后来莎拉又把家具挪回原位了,因为她讨厌改变。有天理查德突然说:'你不是喜欢把书桌摆那边吗?安。'我说我的确认为那样感觉比较宽敞。接着莎拉便说:'我喜欢原本的样子。'理查德立即用偶尔会有的权威语气回答:'问题不在于你喜不喜欢,莎拉,而在于你母亲喜不喜欢,以后我们就照她喜欢的方式摆置。'说完他把桌子移回去,然后对我说:'你喜欢那样,是吧?'我只好虚应道:'是啊。'他便回头对莎拉说:'有什么反对意见吗,小姐?'莎拉看看他,客气地低声说:'噢,没有,你问母亲就行了,我的意见反正不重要。'劳拉,虽然我一直很支持理查德,却心向莎拉,她爱这个家和里头的一切,但理查德却丝毫无法理解她的感受。唉,天啊,我真不知该如何是好。"

"是啊，真难为你。"

"情况应该会慢慢好转吧？"安满脸期待地看着她的朋友。

"我不会那样指望。"

"你真的很不会安慰人，劳拉！"

"光说好听话没啥好处。"

"他们两人好狠心，明知这样让我很痛苦，我真的快病了。"

"自怜对你毫无帮助，安，对任何人都是。"

"可是我很不快乐。"

"他们也是，亲爱的，把你的怜悯用到他们身上吧。莎拉这可怜的孩子一定很难受，我想理查德也是。"

"天啊，莎拉回来之前，我们是如此的快乐。"

劳拉女爵微扬起眉头，沉默一会儿，然后说："你快结婚了吧？什么时候？"

"三月十三日。"

"还有差不多两周的时间，你把婚礼延期了，为什么？"

"是莎拉求我的，她说给她一点时间适应，她一直缠到我投降为止。"

"莎拉……我明白了。理查德有为此不高兴吗？"

"他当然不高兴，其实他非常生气，一直说我把莎拉宠坏了。劳拉，你觉得那是真的吗？"

"不，我不觉得，你爱莎拉，但绝不宠她，到目前为止，莎拉一直很关心你——我是说,就凡事以自我为主的年轻人来说。"

"劳拉,你认为我应该……"

她停下来。

"我认为你应该怎么样?"

"噢,没什么,有时我觉得我实在受不了了……"

公寓前门一开,安又打住了。莎拉走进客厅,看到是劳拉·惠兹特堡,便一脸开心。

"噢,劳拉,我不知道你在这儿。"

"我的教女!你还好吗?"

莎拉走过去吻她,脸颊因外面的空气变得又冰又凉。

"好得很。"

安低声咕哝着走出客厅,莎拉望着母亲,然后回头看看劳拉女爵,内疚地红了脸。

劳拉用力点头说:"是的,你妈妈在哭。"

莎拉理直气壮地愤然说:"又不是我的错。"

"不是吗?你喜欢你母亲吧?"

"你知道我爱她。"

"那为什么让她那么不开心?"

"我没有,我什么也没做。"

"你跟理查德吵架了,不是吗?"

"噢,那档事呀!谁忍得住啊!他简直无可救药!如果老妈能看清楚就好了,我觉得她总有一天会的。"

劳拉·惠兹特堡说:"你非得替别人安排他们的生活吗,莎拉?我年轻时,都是家长被指责一手替孩子做安排,看来这年头刚好相反。"

莎拉坐到劳拉椅边的扶手上,作势倾诉。

"可是我很担心,"她说,"妈妈跟他在一起不会快乐的。"

"那不关你的事,莎拉。"

"可是我忍不住会一直想,因为我不希望妈妈不快乐,她一定不会幸福的。妈妈实在太……太无助了,需要有人帮她把关。"

劳拉·惠兹特堡拉起莎拉被晒伤的双手,语气严厉得令莎拉震惊,不得不注意聆听。

"听我说,莎拉,你仔细听好。要小心,要非常小心。"

"这是什么意思?"

劳拉再次强调说:"千万小心,别让你母亲做出令她遗憾终生的事。"

"那正是我要……"

劳拉打断她说道:"我是在警告你,而别人是不会警告你的。"她突然悠长地重重吸了口气,"我嗅到事情有些不对劲了,莎拉,我告诉你是怎么回事吧,那是燃烧祭品的味道……我不喜欢那味道。"

两人还未进一步深谈,伊迪斯已打开门喊道:"劳埃德先生来了。"

莎拉跳起来。

"哈啰,杰拉尔德。"她转头看着劳拉·惠兹特堡,"这位是杰拉尔德·劳埃德。这是我教母,劳拉·惠兹特堡女爵。"

杰拉尔德与她握握手,说道:"我昨晚才听过您的广播。"

"你这么说真令人开心。"

"是'如何活在当下'的第二集,讲得太好了。"

"你太过奖了。"劳拉女爵说。女爵看着杰拉尔德,眼中突然一闪。

"没有,我是真觉得好。你似乎熟知、看透了世事。"

"啊,"劳拉女爵表示,"出一张嘴叫别人怎么做,比亲自动手容易,而且也比较有趣。可惜口才对品性无益,我觉得自己日益面目可憎。"

"噢,你才没有。"莎拉说。

"我有的,孩子,我差点自以为了不起地给人建议——这是一种无可宽恕的罪。我该去看看你妈妈了,莎拉。"

❖

劳拉才离开,杰拉尔德便说:"我要离开英国了,莎拉。"

莎拉错愕地望着他。

"噢,杰拉尔德……什么时候?"

"算是立即出发吧,就这周四。"

"去哪儿?"

"南非。"

"可是路途好远。"莎拉喊道。

"是蛮远的。"

"你会好几年回不来！"

"也许吧。"

"你要去那边做什么？"

"种柳橙，我跟几个人一起去，应该很有意思。"

"噢，杰拉尔德，你非去不可吗？"

"我受够这个国家了，太死气沉沉，对我毫无助益，我在这里也无法发挥。"

"你叔叔那边怎么办？"

"噢，我们已经撕破脸不说话了；不过莲娜婶婶人很好，给了我一张支票和防蛇咬的东西。"

他咧嘴笑着。

"可是你会种柳橙吗，杰拉尔德？"

"完全不会，不过学了就会吧。"

莎拉叹口气。

"我会想你的……"

"你应该不会……不会想太久。"杰拉尔德粗声说着，不去看她。"如果分隔天涯海角，人们很快便会彼此遗忘。"

"不会的……"

他瞄了莎拉一眼。

"不会吗？"

莎拉摇摇头。

两人尴尬地别开视线。

"跟你一起出游非常好玩。"杰拉尔德说。

"是的……"

"有人真的靠种柳橙发了财。"

"是吧。"

杰拉尔德字斟句酌地说："我想，住在南非应该会生活得很愉快——我是指对女人而言。气候温和，还有很多仆人等等。"

"是啊。"

"可是我想你应该很快就会嫁人吧……"

"噢，不会的。"莎拉摇着头，"年纪轻轻就结婚太不明智了，我很久以后才会考虑嫁人。"

"你虽然这么想，但总有人会让你改变心意的。"杰拉尔德沮丧地说。

"我不是那么容易被说服的人。"莎拉安慰他说。

两人不知所措地站着，不敢看对方。接着杰拉尔德白着脸，哽咽地说："亲爱的莎拉……我为你痴狂，你知道吗？"

"你有吗？"

两人看似不情愿般地缓缓挨近，杰拉尔德抱住莎拉，羞怯犹疑地吻着……

杰拉尔德不懂自己为何如此笨拙，他是个开朗的年轻人，跟女生交往经验丰富，但这可不是"一般"女生，而是他的心上人莎拉……

"杰拉尔德。"

"莎拉……"

他再度吻住她。

"你不会忘记吧,亲爱的莎拉?我们在一起的那些欢乐时光,以及所有的一切?"

"我当然不会忘记。"

"你会写信给我吗?"

"我很讨厌写信哎。"

"可是你就写给我吧,求求你,亲爱的,我去那里之后会很寂寞……"

莎拉抽开身,怯怯笑道:"你才不会寂寞,那边会有很多女孩。"

"如果有,应该也都上不了台面。我宁可想象那边除了柳橙外,什么都没有。"

"你最好不时给我寄一箱柳橙过来。"

"我会的,噢,莎拉,我愿意为你做任何事。"

"那就努力工作吧,把你的柳橙农场经营得有声有色。"

"我会的,我发誓一定会。"

莎拉叹口气。

"真希望你不是马上要走,"她说,"有你陪着谈心事,让人宽慰多了。"

"花椰菜还好吗?有没有稍微喜欢他一点?"

"才没有，我们吵个不停，不过，"她用胜利的语气说，"我想我快赢了，杰拉尔德！"

杰拉尔德不安地看着她。

"你是说，你妈妈……"

莎拉得意地点点头。

"我想她已经开始明了那个男的有多么没救了。"

杰拉尔德看起来更加难安了。

"莎拉，不管怎么说，我希望你不要……"

"不要跟花椰菜斗吗？我非跟他斗到底不可！绝不放弃，我一定得救老妈。"

"我希望你不要干涉，莎拉，你妈妈一定很清楚自己要什么。"

"我说过了，我妈很脆弱，太有同情心，判断力就失了准，我要救她免于一场不幸的婚姻。"

杰拉尔德鼓起勇气说："我还是认为你只是在嫉妒。"

莎拉狠狠瞪他一眼。

"好吧！随你怎么想！你最好现在就走。"

"别生我气嘛，你应该知道自己在做什么。"

"我当然知道。"莎拉说。

❖

劳拉·惠兹特堡进房时，安正坐在卧房梳妆台前。

"觉得好些了吗，亲爱的？"

"好多了，我真的好傻，不该受这些事影响的。"

"有个叫杰拉尔德·劳埃德的年轻人刚到,他是不是……"

"是的,你觉得他如何?"

"莎拉爱上他了。"

安面露烦恼,"噢,天啊,我真希望不是这样。"

"希望也没用。"

"反正不会有结果的。"

"你觉得他完全配不上莎拉是吧?"

安叹口气,"只怕是的。他做事毫无定性,人很可爱,但就是……"

"不够稳健牢靠?"

"感觉上他到哪里都成不了气候,莎拉总说他运气差,我却认为不只如此。"她接着说,"其实莎拉还认识很多很棒的男人。"

"但她嫌他们无趣是吗?干练的女孩——莎拉真的非常能干——总是被坏男人吸引,这似乎是不变的自然律。我必须承认,连我都觉得那年轻人挺迷人的。"

"连你都这么觉得吗,劳拉?"

"我也有女人的弱点啊,安。我该走了,晚安了,亲爱的,祝你好运。"

❖

理查德在八点整抵达公寓,打算与安一起吃饭。莎拉正要出门吃饭跳舞,理查德到时她正在客厅搽指甲油,空气中飘着梨糖香。莎拉抬眼说了声:"哈啰,理查德。"然后继续搽指甲油。理查德不悦地看着她，很气馁自己竟会愈来愈讨厌莎拉。他原本一片赤诚，想当个仁慈友善的继父，疼她、喜爱她。他知道一开始莎拉会有疑虑，但他自认能轻易克服莎拉幼稚的偏见。

结果掌控大局的竟然不是他，而是莎拉。她冷酷的蔑视与憎恶，刺痛他敏感的神经，对他造成了伤害与羞辱。理查德原本就有些自卑，莎拉的态度更进一步打击了他的自尊。他的一切努力——先示好，再主导——全都一败涂地，他老是说错话、做错事，除了对莎拉日渐憎恶外，对安也愈来愈不满了。安应该支持他，好好管教莎拉，让莎拉晓得自己的地位才对。安应该站在他这边，但她却一味地两边撮合、居中协调，令他十分苦恼。她应该知道那种做法没有实质的帮助才对啊！

莎拉伸出手，东转西翻地晾干指甲油。

理查德明知最好别多话，却忍不住表示："你看起来像把指甲泡到血里，真不懂你们女生干嘛搽指甲油。"

"你不懂吗？"

理查德想找个较安全的话题，便说："傍晚时我遇到了你那位年轻朋友劳埃德，他说他要去南非了。"

"他星期四走。"

"如果他想在南非干出一番成果，就得全心投入。不爱工作的人，不适合那边。"

"你对南非好像很了解嘛？"

"这些地方都差不多,需要有胆识的男人。"

"杰拉尔德很有胆识,"莎拉又说,"如果你非得用这个字眼来形容的话。"

"我那样说有什么不妥吗?"

莎拉扬头冷冷瞪他一眼。

"我只是觉得那说法很恶心罢了。"她说。

理查德涨红了脸。

"可惜你妈没把你的礼仪教好。"他说。

"我很失礼吗?"她张大眼无辜地说,"真对不起。"

她夸张的道歉丝毫无法平抚他。

理查德突然问道:"你母亲呢?"

"在换衣服,马上就来。"

莎拉打开她的镜子,仔细端详自己的脸,然后开始补妆,重新上口红、描画眉毛。她其实不久前才刚化完妆,这么做只是想气理查德而已。她知道老古板理查德很讨厌看女人公然补妆。

理查德努力故作轻松地说:"行了吧,莎拉,别弄过头了。"

她放下手里的镜子说:"你是什么意思?"

"我是说那些涂涂抹抹,我可以跟你保证,男人不喜欢大浓妆,你只会让自己看起来……"

"像个妓女是吗?"

理查德愤怒地说:"我又没那么说。"

"但你就是那个意思。"莎拉将化妆品扔回袋子里,"关你屁事?"

"莎拉,你听我说……"

"我爱怎么涂我的脸是我家的事,不劳您费心!"

莎拉气得浑身发抖,都快哭出来了。

理查德也彻底失控,对莎拉咆哮起来。

"你这个令人发指、执拗乖张的刁妇,简直是无可救药!"

这时安进来了,她站在门口,疲惫地说:"唉,天啊,这会儿又怎么了?"

莎拉从她身边奔出去,安看着理查德。

"我只是叫她别在脸上涂那么多化妆品。"

安重重叹口气。

"拜托,理查德,你有点概念好不好,她化妆又干你什么事了?"

理查德愤慨地来回踱步。

"罢了,如果你希望你女儿像个妓女一样顶个大浓妆出门的话。"

"莎拉看起来才不像妓女。"安驳斥道,"你怎么能说这种话?现在哪个女孩不化妆?你实在太古板了,理查德。"

"古板!落伍——你根本就看不起我,对不对,安?"

"噢,理查德,我们一定得吵架吗?难道你不明白,你那样数落莎拉,等于是在批评我吗?"

"我觉得你不算是很明智的母亲，否则莎拉不会被惯成这样。"

"那种说法太残忍了，而且并非事实，莎拉又没问题。"

理查德重重坐到沙发上。

"愿上帝帮助一个想娶有独生女的单亲妈妈的男人。"他说。

安眼中泛泪。

"你向我求婚时，便已知道莎拉的事了，我跟你说过我非常爱她，她对我非常重要。"

"我并不知道你宠她宠到这种地步！从早到晚，开口闭口都是莎拉！"

"噢，天啊。"安说着走过去坐到理查德身边，"理查德，你讲点理，我想过莎拉也许会有点嫉妒你……但我没料到你会嫉妒莎拉。"

"我才没有嫉妒她。"理查德不高兴地说。

"可是亲爱的，你有。"

"你总是把莎拉摆在第一。"

"唉！"安无助地往后一靠，闭起眼睛，"我真的不知道该怎么办。"

"我算什么？什么也不是，你根本就没把我放在心里，你延后我们的婚期……只因为莎拉要求你……"

"我想给她多点时间适应。"

"那她现在比较适应了吗？她用这所有时间做些令我生

气的事。"

"我知道她不太合作……但说真的，理查德，我觉得你有些夸大。可怜的莎拉几乎说什么都会激怒你。"

"可怜的莎拉，可怜的莎拉，看到没？你就是这样！"

"理查德，莎拉毕竟只比小孩子大些而已，多少要让她一点，你是个大男人了呀。"

理查德突然出其不意地说："那是因为我很爱你，安。"

"噢，亲爱的。"

"我们原本非常快乐……直到莎拉返家。"

"我知道……"

"但现在，我似乎就快失去你了。"

"你不会失去我的，理查德。"

"安，我最亲爱的……你还爱我吗？"

安忽然热切地说："比以前还爱你，理查德，比以前还爱。"

❖

晚餐非常愉快，伊迪斯费心烹调，而公寓里少了莎拉的挑衅，又恢复了从前的宁静。

理查德和安有说有笑，想到过去的种种，都觉得此刻真是偷得半日清闲。

等两人回到客厅，喝完咖啡和香草酒后，理查德说："今晚真愉快，好清静啊，亲爱的安，如果能一直这样就好了。"

"早晚会的,理查德。"

"你说的不是真心话,安。我一直在考虑,事实虽不遂人愿,但终究得面对。老实说,莎拉和我大概永远处不来了,如果我们三人硬要住在一起,必然无法生活,事实上,只有一个办法可行。"

"你这话是什么意思?"

"坦白说吧,莎拉得搬出家里。"

"不成,理查德,那是不可能的。"

"既然她在家里不快乐,就该搬出去自己住。"

"莎拉才十九岁呀,理查德。"

"有很多让女生住的地方,例如青年旅馆,或去适当的人家寄住也行。"

安坚决地摇头。

"你不知道自己在说什么,你现在是要我把自己的女儿赶出门,只因为我想再婚。"

"女孩子大了都喜欢独立、自己住。"

"莎拉并不想出去自立门户,这里就是她的家,理查德。"

"我倒认为这是个好办法,我们可以给她充裕的生活费——由我资助,她将不虞匮乏。莎拉自己会过得很开心,而我们两人也能很幸福,我不觉得这个计划有何不妥。"

"你以为莎拉自己会过得很开心?"

"她会喜欢的,女孩都喜欢独立。"

"你根本不懂女孩,理查德,你只顾虑到自己想要什么。"

"我只是在建议一个完美而合理的解决办法罢了。"

安缓缓说道:"晚饭前你说过,我把莎拉摆在第一位。理查德,从某方面来说,那是事实……那跟我比较爱谁无关,但当我考虑到你们两人时,我知道我会优先考虑莎拉的利益,因为你要知道,理查德,莎拉是我的责任。在莎拉尚未长大、成熟之前,我的责任未了——而她现在还不是成熟的女人。"

"做母亲的永远也不希望孩子长大。"

"有时是真的,但我不认为我们母女的情况是那样。我看你是不可能明白的——莎拉还非常年轻,不懂得保护自己。"

理查德轻哼一声。

"不懂得保护自己!"

"是的,我正是那个意思。对她自己、对人生都很惶惑,等她准备好离家走向社会时,自然会想离开,那时我一定助她一臂之力,但她还没有准备好。"

理查德叹口气说:"看来我是吵不过做母亲的了。"

安突然坚定地表示:"我是不会把自己女儿赶出家门的。在她还不想离家时那么做,太狠心了。"

"好吧,如果你这么反对的话。"

"噢,我非常反对。不过,理查德,亲爱的,你若能多点耐心就好了。要知道,你并不是外人,莎拉才是,她感受到这点了。再多给她一点时间,我知道她慢慢会和你成为朋友的,因为她真的很爱我,理查德,她终究不会希望我不快乐。"

理查德看着她,露出古怪的笑容。

"可爱的安,你真是无可救药的乐观。"

她投入他怀里。

"亲爱的理查德……我爱你……噢,天啊,真希望我的头别疼得那么厉害……"

"我去帮你拿阿司匹林……"

理查德发现,现在每次跟安谈话,最后都以阿司匹林作结。

第九章

接下来的两天出奇的平静,安大受鼓舞。事态毕竟没那么糟,就像她说的,事情总会慢慢平定下来。她对理查德的说情奏效了,再过一周他们就要结婚了——她认为婚后生活便能步入正轨,莎拉一定不会再百般排斥理查德,且会把心思摆在外界的事物上。

"我今天觉得好多了。"她对伊迪斯说。

安发现,现在能一整天不犯头疼,简直就是奇迹。

"也许是风雨前的宁静吧。"伊迪斯说,"莎拉小姐跟克劳菲先生就像狗跟猫,天生犯冲。"

"但我觉得莎拉已经比较习惯了,你不觉得吗?"

"我若是你呀,夫人,绝不会做不切实际的期望。"伊迪斯阴郁地说。

"可是总不能一直这样下去吧?"

"这点我倒不敢指望。"

安心想,伊迪斯总往坏处想!老爱钻牛角尖。

"最近就好多了。"安坚持道。

"啊,那是因为克劳菲先生通常都白天来,那时莎拉小姐还在花店里忙,晚上就轮到她陪你了,何况小姐心里这时只想着杰拉尔德先生要出国的事。等你们一结婚,他们俩就得同住一个屋檐下,你一定会夹在两人中间,不得安宁。"

"噢,伊迪斯。"安沮丧极了,伊迪斯的比喻太可怕了。但这也点出了她的感受。

她绝望地说:"我受不了了,我向来讨厌争执。"

"没错,你一向生活在平静与保护之中,那样才适合你。"

"我该怎么办?伊迪斯,你会怎么做?"

伊迪斯语重心长地说:"抱怨无用,我从小就学会'人生本就是一场苦泪'。"

"你只能说这种话来安慰我啊?"

"这些事是用来考验我们的,"伊迪斯简短地说,"你若是那种爱跟人吵架的泼妇就好了!很多女人凶得要命。我叔叔的第二任老婆便是一例,她最爱开骂,舌头之毒啊——不过发完飙后,她既不含怨,也不再多想,像没事人似的雨过天晴。我想是爱尔兰人的基因吧,她母亲是利默里克[①]人，我无意看轻他们，不过利墨里克人很能吵，莎拉小姐就有点那味道。我记得你跟我说过，普伦蒂斯先生是半个爱尔兰人。莎拉小姐很爱发脾气，不过女人心肠太软也行不通。还有，我觉得杰拉尔德先生出国是件好事，他永远也定不下来，莎拉小姐会比他有出息。"

"我看莎拉非常喜欢他，伊迪斯。"

"我倒不担心，人家说两地分隔，思心更切，但我家简阿姨都会再补上一句：'可惜想的是别人。'其实'眼不见，心自清'才更贴近事实。你别担心莎拉或任何人了，这里有本你从图书馆借来、很想看的书，我去帮你煮杯咖啡，弄几片饼干，你趁这个空当好好享受吧。"

安不理会她最后那句话的弦外之音，只说："你真会安抚人，伊迪斯。"

杰拉尔德·劳埃德于周四离开了，那天晚上莎拉回家后，与理查德大吵一架。

安丢下两人遁回自己房中，躺在漆黑里，用手捂着眼睛，以指压住疼痛不已的额头，泪水不断滑落面颊。

她一遍遍低声自语："我受不了……我受不了了……"

不久她听见理查德咆哮着冲出客厅。

"……你母亲总也说不出口，只敢借口头痛来逃避。"

接着前门轰然关上。

[①] 利默里克（Limerick），爱尔兰第三大城。

走廊上传来莎拉的脚步声,她缓慢迟疑地走向自己房间。

安喊道:"莎拉。"

开门了,莎拉有些良心不安地说:"怎么全黑的?"

"我头疼,把角落里的小灯打开吧。"

莎拉依言开灯,慢慢走向床边,她的眼神飘忽不定,一种稚气、被遗弃的神情刺痛了安的心,虽然几分钟前安还气她气得要命。

"莎拉,"安说,"你非那样不可吗?"

"我怎么了?"

"你非得一天到晚跟理查德吵架吗?你为什么都不替我想?你知道你让我有多不快乐吗?你不希望妈妈幸福吗?"

"我当然希望你快乐,所以才这样呀!"

"我实在不懂,你让我难过极了,有时我觉得再也撑不下去了……一切都变得如此不同。"

"是啊,一切都变了,他破坏了一切,他想把我撵走,你不会容许他把我赶走吧?"

安好生气。

"当然不会,这事是谁说的?"

"他呀,刚刚才说的,但你不会这么做吧?这简直就像噩梦。"莎拉突然哭了起来,"一切全走样了,自从我去了瑞士回来后,就都变了。杰拉尔德走了——也许我再也见不着他了,然后你也讨厌我了……"

"我没有讨厌你!别说那种话。"
"噢,妈妈……妈妈。"
女孩跪在床边失声痛哭。
她不断地哭喊:"妈妈……"

❖

翌日早晨,安的早餐盘上有张理查德的字条。

　　亲爱的安,我们真的不能再这样下去了,得想个办法才行,相信你会发现莎拉的问题不如你所想的难以解决。永远爱你的理查德。

安皱起眉,理查德是在自欺欺人吗?或者莎拉昨晚只是歇斯底里,才胡乱发飙?很可能是后者……莎拉因与初恋情人两地相思,心情难过。但既然她那么讨厌理查德,或许离家后真的会快乐些……

安冲动地拿起电话,拨了劳拉·惠兹特堡的号码。
"劳拉吗?我是安。"
"早安,怎么这么早打来?"
"唉,我实在无计可施了,头痛从没断过,觉得病恹恹的,我不能再这样下去了,想问问你的意见。"
"我不给建议,那太危险了。"
安不理会。
"劳拉,你觉得……假如莎拉搬出去,自己跟朋友找间公寓合住什么的，那样好不好？"

劳拉女爵顿了一下，接着问："她想搬出去吗？"

"嗯……不是很想，我是说，这只是一个点子。"

"谁的点子？理查德的吗？"

"嗯……是的。"

"很合情理。"

"你觉得很合情理吗？"安急切地问。

"我是说，理查德会这样想很合情理，他知道自己想要什么，因此放手一搏。"

"那你觉得呢？"

"我跟你说过了，安，我不给建议。莎拉怎么说？"

安踌躇半晌。

"我还没真的跟她讨论过这问题。"

"但你心里有点底吧。"

安勉强表示："我看她短时间内还不会想搬出去。"

"这样啊！"

"也许我应该坚持？"

"为什么？好治愈你的头痛吗？"

"不是，不是啦。"安惊恐地喊道，"我的意思是，为了莎拉的幸福着想。"

"听起来很伟大！但我向来不相信冠冕堂皇的说辞，你不觉得这种说法太矫情吗？"

"我常怀疑自己可能太黏孩子，也许莎拉离开我会比较好,更能发展自己的人格?"

"这种说法很符合潮流。"

"说真的,我想她可能会喜欢这个点子,一开始我并不那么认为,但现在……噢,劳拉,你有何想法就直说吧!"

"可怜的安。"

"你为什么要说'可怜的安'?"

"因为你问我有何想法。"

"你真是毫不帮忙,劳拉。"

"我并不想按你要的方式帮你。"

"理查德愈来愈难安抚了,今早他写了封像最后通牒的信……他很快便会要求我在他和莎拉之间做选择了。"

"你会选谁?"

"噢,别那么问,劳拉,应该不至于走到那个地步。"

"但这是有可能的。"

"你真令人气结,劳拉,连忙都不肯帮。"安愤愤地挂断电话。

❖

当晚六点钟,理查德·克劳菲打电话来。

伊迪斯接了电话。

"普伦蒂斯太太在吗?"

"不在,先生,她去妇女之家参加聚会了,七点才会回来。"

"莎拉小姐呢?"

"她刚回来,你想跟她说话吗?"

"不用了,我等下过来。"

理查德坚定地大步从他的公寓走到安家,他彻夜无眠,最后终于想出明确的解决办法。虽然他拖了些时间才下定决心,然而一旦做出决定,便会贯彻到底。

事况不能再持续下去了,先是莎拉,接着是安,非得让她们看清事实不可,那个执拗倔强的女孩会害她母亲发狂!他那可怜又心软的安。然而理查德对安也颇有怨言,甚至有一丝莫名的反感。安一直以撒娇的方式逃避问题——闹头痛,一吵架便哭……

安必须面对问题!

这两个女人……该停止胡闹了!

他按响门铃,伊迪斯开门让他进入客厅,莎拉手拿着玻璃杯,站在壁炉架边转头看他。

"晚安,理查德。"

"晚安,莎拉。"

莎拉勉强说道:"昨晚的事我很抱歉,理查德,我实在有点失礼。"

"没关系。"理查德宽宏地挥挥手说,"这事就别再提了。"

"要不要喝点东西?"

"不用了,谢谢。"

"妈妈大概还要一会儿才会回来,她去……"

理查德打断她。

"没关系,我是来找你的。"

"我?"

莎拉眼神一凛,踏步上前坐下,戒心极重地专注看着他。

"我想跟你把话说清楚,我知道我们不能再这样争执不休了,这对你母亲很不公平。我相信你很爱她吧。"

"当然。"莎拉冷冷地说。

"那么我们应该放她一马。安和我一周内就要结婚了,等我们度完蜜月回来,你认为我们三人同住这间公寓里,会是什么景况?"

"大概像人间炼狱吧。"

"这不就是了吗?你自己也这么想。我先说清楚吧,这不能全怪你。"

"您真是宽宏大量哪,理查德。"莎拉表示。

她语气十分热切有礼,理查德不够了解莎拉,没意识到那是一种警讯。

"可惜我们处不来,老实说吧,你讨厌我。"

"如果你一定要我说出来,对,我讨厌你。"

"没关系,我自己也不怎么喜欢你。"

"你恨我如毒药。"莎拉说。

"噢,拜托,我不会说得那么严重。"理查德说。

"我会。"

"这么说吧,我们互看不顺眼,其实你喜不喜欢我并不重要,我要娶的是你母亲,不是你。我试图把你当朋友,你却不领情……所以咱们得设法解决问题,我愿尽力以其他方式来化解。"

莎拉狐疑地问:"什么其他方式?"

"既然你受不了家里的生活,我会协助你到别处独立,过得更快乐些。安一旦嫁给我,我便会供养她一辈子。我会给你充裕的钱,找间小公寓,你可以跟女性朋友同住。摆置家具等等的事,可以完全按你的意思去做。"

莎拉仔细地盯着他看,说道:"你真是个慷慨的男人,理查德。"

理查德未能察觉莎拉的嘲讽,还窃窃为自己喝彩。这事毕竟不难,女孩很清楚何者对自己有利,整个问题应能迎刃而解。

他和善地对莎拉一笑。

"我不喜欢看人受苦,你母亲不了解,但我知道,年轻人都渴望独立,你自己生活后,会比在家一天到晚吵架开心。"

"所以那是你的建议啰?"

"这是个很棒的点子,大家都会满意。"

莎拉仰头大笑,理查德立即转过头。

"你休想轻易摆脱我。"莎拉说。

"可是……"

"告诉你,我不会走的,我不会走!"

两人都没听见安的钥匙插入前门,她推开门,发现两人正怒目相望,莎拉浑身发抖,歇斯底里地不断怒吼。

"我不会走!不会走!不会走!"

"莎拉……"

两人立即转头,莎拉奔入母亲怀中。

"亲爱的,亲爱的,你不会让他把我送走,送去跟女性朋友同住吧?我讨厌女性朋友,我不想自己出去住,我想留下来陪你,别赶我走呀,妈妈,不要……不要。"

安立即安慰她说:"绝对不会的,没事了,亲爱的。"

她责问理查德:"你到底对她说了什么?"

"提供她一个完美而合理的建议。"

"他恨我,他也会让你跟着恨我。"

莎拉痛哭流涕,像个歇斯底里的孩子,安拼命安抚她。

"不会的,不会的,莎拉,你别胡说。"

她对理查德使个眼色:"这事咱们以后再谈。"

"不行,我们之后不会谈的,"理查德扬起下巴,"咱们就在此时此地谈,得把事情谈开。"

"噢,拜托。"安走向前,用手扶着头坐到沙发上。

"头痛也没用,还是得谈,安!问题是,对你来说,是我重要还是莎拉?"

"问题不在那儿。"

"问题就在那儿!这件事非彻底解决不可,我再也受不了了。"

理查德高亢的声音刺入安的脑袋，害她每条神经都像着火似的灼痛。今天的会议极不顺利，她回家时已筋疲力尽，现在更觉得无法忍受眼前的生活了。

她虚弱地说："我现在无法跟你谈，理查德，我真的没办法，我实在受不了。"

"这事非解决不可。莎拉若不走，就我走。"

莎拉身子微微一颤，抬起下巴看着理查德。

"我的安排非常合情合理，"理查德说，"我都跟莎拉说了，直到你回家之前，她也似乎不怎么反对。"

"我不走。"莎拉说。

"好孩子，你想探望你妈妈，随时都能来，不是吗？"

莎拉激动地转向安，扑倒在她身边。

"妈妈，妈妈，你不会赶我走吧，你不会吧？你是我妈妈呀。"

安面色通红，突然坚决地说："除非她想走，否则我不会赶自己的独生女离家。"

理查德大吼："若不是为了要刁难我，她会想走的！"

"你想得美！"莎拉回呛道。

"你说话有点分寸。"理查德大骂。

安用手捂住头。

"我受不了，"她说，"我警告你们两个，我受不了了……"

莎拉哭求道："妈……"

理查德气愤地转向安。

"没有用的，安，头痛也救不了你！你非选择不可。该死的。"

"妈！"莎拉真的失控了，她像个害怕的孩子黏在母亲身上，"别为了他跟我反目，妈……别让他得逞……"

安抓着自己的头说："我再也受不了了，你最好走吧，理查德。"

"什么？"他瞪着安。

"请走吧，放弃我吧……没有用的……"

理查德怒火攻心，厉声说："你知道自己在说什么吗？"

安心虚地应道："我得清静一下……不能再这样了……"

莎拉再次低声呼喊："妈……"

"安……"理查德的语气尽是锥心的痛楚。

安绝望地哭道："没有用的……没有用的，理查德。"

莎拉幼稚地转头对理查德凶巴巴地说："走开、走开啦，我们不要你了，你没听到吗？我们不要你……"

若非她长相天真，那得意的神色简直堪称丑恶。

理查德不理会莎拉，径自望着安。

他低声问道："你是说真的吗？我不会……再回来了。"

安无力地说："我知道……只是，事情难为啊。理查德，再见了……"

理查德缓缓步出客厅。

莎拉大喊一声："妈妈呀。"然后将头埋到母亲腿上。

安木然抚着女儿的头,两眼却望着理查德离去的门口。

一会儿后,她听见前门重重阖上。

那天早上在维多利亚车站感觉到的寒意再次袭来,还加上沉重的悲伤……

此时理查德正步下阶梯,走入中庭,踏往街道……

走出她的生命……

第二部

第一章

劳拉·惠兹特堡激动地从航空公司的巴士窗口眺望着熟悉的伦敦街道。她离开伦敦很长一段时间，替皇家考察团在全球跑了一大圈。劳拉女爵最后在美国的行程十分紧凑，参与各种演说、主持、午餐、晚宴，几乎无暇探访自己的朋友。

现在一切都结束了，她回到老家，皮箱里装满了笔记、统计数据和相关报告。往后准备发表时，还有的忙呢。

劳拉是位精力无穷的女子，工作对她的吸引力大过休闲，然而她不像很多人对此沾沾自喜，有时还自嘲这种倾向是缺失，而非美德。她说，因为工作是逃避自己的主要管道，唯有生命圆融和谐时，人才能谦卑自足地与自己相处。

劳拉·惠兹特堡一次只能专注一件事,她从不写长信给朋友报告近况,她离开时,就等同于人间蒸发——形神俱去。

不过她会周到地寄些色彩艳丽的风景明信片给家中仆人,以免他们觉得被忽视。她的朋友和闺蜜都知道,如果接到劳拉嗓音低沉的电话,就表示她回来了。

劳拉环视舒适的客厅片刻后心想,回家真好。她有一搭没一搭地听着巴西特报告主人离家期间,家里发生的各种状况。

劳拉表示"很好,这些你是该告诉我"后,便让巴西特退下了。她深深沉坐在大大的旧皮椅中,边桌上堆满了信件期刊,但劳拉懒得理会,因为凡是紧急的事,她那干练的秘书都已处理过了。

劳拉点了根雪茄,靠在椅子上半闭着眼。

这是一个阶段之终,另一阶段之始……

她全身放松,让飞快的思绪缓下来,调整成新的步调。她的同事、新兴的问题、思考观点、美国的权贵与友人……这些全都慢慢消退,渐次模糊了……

代之而起的,是她在伦敦该见的人、准备挨她刮的要人、被她盯上的部门、她打算采取的行动,以及非写不可的报道……这些全清楚地回到脑海里,劳拉想到未来的宣传活动,和每天的繁重工作……

不过在那之前,还有段暖身的缓冲期,可趁此访友休闲。她可以去探访好友，关心他们的喜怒哀乐；重温她最爱的流连处，做她私下最爱的事；还有那堆带回来要送人的礼物……想到这里，劳拉忍不住笑了。她心中浮起许多名字，夏洛特、小大卫、杰拉尔丁和她的孩子、老沃尔特·埃姆林、安和莎拉、帕克斯教授……

不知她离开后，朋友们状况如何？

她会去萨塞克斯郡看看杰拉尔丁——方便的话，就后天去吧。她伸手拿起电话跟对方约了时间。接着打电话给帕克斯教授，老教授虽然目盲且近乎全聋，但身体还非常硬朗，很期待能跟老友劳拉好好激辩一场。

接下来她拨电话给安·普伦蒂斯。

接听的人是伊迪斯。

"真意外呀，夫人，好久不见，我一两个月前在报上看到您的消息。对不起，普伦蒂斯太太出门了。最近她晚上几乎都不在，是的，莎拉小姐也不在家。是的，夫人，我会转告普伦蒂斯太太说您回国了，还打过电话来。"

劳拉本想说，若不是回来了，也没那么方便打电话，但她没说，只是挂断电话，继续拨下一个号码。

劳拉一边与朋友寒暄约时间，一边在心底提醒自己，待会儿有几件事得再仔细推敲。

待劳拉上床就寝，才开始分析为何伊迪斯的话令她吃惊，虽是过了一阵子才想到，但她毕竟没忘。伊迪斯说，安出门了，而且最近几乎每晚都不在。

劳拉皱起眉头，安的生活一定起了重大转变。莎拉每晚出门不稀奇，女孩们都是这样的，但安这么贤淑雅静的人，只会偶尔出去吃个晚饭或看电影、表演，不至于天天出门。

劳拉·惠兹特堡躺在床上，想了好一会儿安·普伦蒂斯的事……

❖

两周后，劳拉女爵按着普伦蒂斯家的公寓门铃。

伊迪斯前来应门，脸上微微一亮，表示她很开心。

她站到一旁让劳拉女爵入内。

"普伦蒂斯太太正在换装准备出门，"她说，"但我知道她会想见您的。"

她先送劳拉女爵到客厅，然后再沿走廊去安的卧房。

劳拉讶异地环顾客厅，整个摆设都变了——她几乎认不出这是原来那个客厅，一时间还以为自己走错公寓了。

原本的家具仅存几件，如今对面角落有张大型鸡尾酒吧台，新的装潢是颇具现代感的法国王朝风①，有漂亮的条纹缎子窗帘以及许多镀金和铜锡合金的物件，墙上挂了几幅现代画。看起来不像寻常人家，倒像舞台布景。

伊迪斯探头进来说："普伦蒂斯太太一会儿就来，夫人。"

"这里整个换样了。"劳拉女爵指着四周说。

"花了不少钱呢。"伊迪斯颇不认同地表示，"还有一两

---

① 法国王朝风（French Empire），19世纪初的装饰风格。

个怪异的年轻人跑来监工，说了您都很难相信。"

"噢，我相信的。"劳拉女爵说，"他们设计得挺好的。"

"华而不实。"伊迪斯哼道。

"人总得与时俱进嘛，伊迪斯。我想莎拉小姐一定非常喜欢。"

"噢，这才不是莎拉小姐要的，莎拉小姐不喜欢改变，从来都不喜欢。您忘啦，夫人，她连沙发换个位置都要叫半天！执意要改装的是普伦蒂斯太太。"

劳拉女爵微扬起眉，再次觉得安·普伦蒂斯一定变了很多，就在此时，走廊上传来急促的脚步声，安冲进客厅，伸长手说："劳拉，亲爱的，太好了，我一直好想见你。"

她匆匆吻了劳拉一下，女爵诧异地打量她。

没错，安·普伦蒂斯变了，原本夹杂几茎灰发的淡棕色头发，已经染红并剪成时下最新潮的发型。她修过眉，脸上涂着昂贵的化妆品，身穿缀着五色假珠子的短裙小礼服。她躁动作态——劳拉·惠兹特堡觉得，那才是安最大的改变，因为她所知的、两年前的安·普伦蒂斯，向来端庄稳重。

此时安在屋里四处走动说话，忙些琐事，就算提问也不等人回答。

"真的好久——非常久了——我偶尔会在报上看到你的消息。印度是什么样子？你在美国那边好像大受欢迎？我想你一定吃得很好，牛排，还有什么的？你什么时候回来的？"

"两个星期前，我打过电话给你，但你出门了，伊迪斯八成忘了告诉你。"

"可怜的老伊迪斯,她的记忆力愈来愈不行了。但我想她是有跟我提过,我也一直很想打电话——只是,你也知道,忙嘛。"她轻笑几声,"日子真的很匆忙呢。"

"你以前过得并不匆忙,安。"

"是吗?"安虚应道,"似乎躲不掉呢。劳拉,来杯酒吧,琴酒加莱姆好吗?"

"不必,谢谢,我从不喝鸡尾酒。"

"也对,你都喝白兰地和苏打水……好了。"她倒好酒端过去,然后回来为自己斟一杯。

"莎拉还好吗?"劳拉女爵问。

安言词闪烁地说:"噢,她很好、很开心啊,我几乎不太见得到她。琴酒呢?伊迪斯!伊迪斯!"

伊迪斯来了。

"怎么都没有琴酒了?"

"还没送到。"伊迪斯答道。

"我跟你说过,一定要有瓶备用的琴酒,太讨厌了!你一定要确保家里有充裕的酒。"

"天知道,送来的酒还不够多啊?"伊迪斯说,"我觉得实在太多了。"

"够了,伊迪斯。"安怒吼一声,"快去给我弄酒来。"

"什么,现在吗?"

"对,就是现在。"

伊迪斯臭着脸退下去。

安愤愤地说:"她什么都忘,简直没救!"

"别气了,亲爱的,过来坐下,跟我说说你的近况。"

"没什么好说的。"安笑道。

"你要出门吗?我是不是把你拖住了?"

"噢,没有没有,我男友会过来接我。"

"格兰特上校吗?"劳拉女爵微笑着问。

"你指的是可怜的老詹姆斯?噢,不是的,我现在几乎不跟他碰面了。"

"为什么?"

"这些老头无聊透顶,詹姆斯人很好,我知道,可是老爱讲些又臭又长的故事……我受不了。"安耸耸肩,"我真糟糕,但也无可奈何!"

"你都还没跟我提到莎拉,她有男友了吗?"

"噢,多了。她人缘很好,感谢老天爷……我实在无法面对一个没人要的女儿。"

"所以她没有固定交往的对象?"

"呃……啊,这很难说,做女儿的什么都不跟母亲说,对吧?"

"那杰拉尔德·劳埃德呢?你非常不看好的那位?"

"噢,他去南非还是哪里了,幸好事情就这么结束了。没想到你还记得他。"

"我记得莎拉的事,我非常喜欢她。"

"你真好,劳拉,莎拉很好,常常很自私自利又烦人——不过那个年纪的女孩大概都这样吧,她待会就回来了,然后……"

电话铃响,安冲过去接。

"哈啰?……噢,是你啊,亲爱的……当然愿意……是的,但我得查一下我的本子……噢,天啊,不知放哪儿去了……是的,我想应该没问题……那就星期四……珀蒂餐馆……就是嘛……约翰尼整个喝挂了,真的好好笑……当然,我们都有点坏……是啊,我也同意……"

她挂上听筒,用满足的语气故意抱怨说:"电话整天响个不停!"

"大家都很爱打电话。"劳拉·惠兹特堡淡淡同意道。

她又说:"你似乎过得很开心,安?"

"人不能一成不变,亲爱的——噢,我这样说好像莎拉的语气。"

走廊外传来莎拉的声音。

"谁?劳拉女爵吗?太好了!"

莎拉划然打开客厅门走进来,劳拉·惠兹特堡为她的美貌所震慑。原本的轻浮躁动不见了,如今的莎拉是位风情万种的年轻女子,有着绝美的脸蛋与身材。

她见到教母非常开心,热情地吻着劳拉。

"劳拉,亲爱的,太棒了,你戴那顶帽子看起来好美,有种说不出的贵气与英气。"

"你这孩子真爱乱说话。"劳拉冲着莎拉笑。

"我是说真的,你真的是位名流,不是吗?"

"而你则是位非常漂亮的年轻小姐!"

"哎呀,是拜化妆之赐。"

电话又响了,莎拉接起电话。

"哈啰?请问哪位?是的,她在。妈,又是你的电话。"

安接过听筒后,莎拉坐到劳拉的椅子扶手上。

"找妈妈的电话整天响不停。"她笑着说。

安斥道:"安静点,莎拉,我在通电话……是的……我想是吧……但下星期我的时间都满了……我会查一下本子。"她转头说:"莎拉,去找我的本子,应该在我床边……"

莎拉走出客厅,安继续接电话。

"我当然明白你的意思……是的,那种事烦透了……是吗,亲爱的?……反正有爱德华……我……噢,我的小本子找到了。是的……"

她接下莎拉手上的册子翻着,"不行,星期五我没办法……是的,星期五以后可以……很好,我们就在史密斯家见面……噢,我也觉得她实在是怯懦得很。"

安挂上听筒大声说:"电话真多!快把我搞疯了……"

"你爱死电话了,妈妈,你只是喜欢碎念而已,你自己也知道。"莎拉转头问劳拉女爵,"你不觉得妈妈的新发型很漂亮吗?年轻好多。"

安作态地笑道:"莎拉不肯让我变成优雅的中年人。"

"少来了,老妈,你明明自己爱玩。她的男友比我还多,劳拉,她很少在天亮前回家的。"

"别乱说话,莎拉。"安说。

"今晚是谁,妈妈?约翰尼吗?"

"不,是巴兹尔。"

"噢,不会吧,我觉得巴兹尔很没搞头。"

"胡说,"安尖锐地说,"他很可爱。你呢,莎拉?你要出门吧?"

"是的,劳伦斯会来接我,我得赶快换衣服了。"

"去吧,对了,莎拉……莎拉!东西别到处乱丢。你的皮草,还有手套,把那个玻璃杯收一收,会打破的。"

"好啦,妈,别再唠叨了。"

"总得有人唠叨吧,你从不收拾东西,有时我真不懂自己怎会受得了!不行——一起带走!"

莎拉走出客厅时,安夸张地大叹。

"女孩子真的很烦,你都不晓得莎拉有多难搞!"

劳拉很快瞄了朋友一眼。

安看起来脾气很差,语气十分不耐。

"这么忙碌,你不觉得累吗,安?"

"当然会啊——累死人了。不过总得做点事、找找乐子。"

"你以前不会这么用力找乐子。"

"坐在家里读本好书、端着餐盘吃饭吗?那种无聊日子已经结束了,现在是我人生的'第二春'。说到这个,劳拉,这种说法是你先用的,难道你不乐见它成真吗?"

"我当初指的不是社交生活。"

"当然不是,亲爱的,你的意思是,做点有意义的事。但又不是人人可以像你成为公众人物,精于分析又长于思考,我喜欢玩乐。"

"那莎拉呢?她也喜欢玩吗?那孩子怎么样了?她快乐吗?"

"当然快乐,她玩得可开心了。"

安说得轻松,劳拉·惠兹特堡却听得皱眉。莎拉离开时,劳拉被她脸上掠过的厌烦神情吓了一跳,仿佛微笑的面具在瞬间滑落——露出底下的惶惑痛苦。

莎拉快乐吗?安显然认为她很快乐,但安应该很清楚……

"别胡思乱想,你这女人。"劳拉严肃地告诫自己。

尽管如此,劳拉还是深感不安,公寓里的气氛不太对劲,安、莎拉,甚至伊迪斯,全都意识到了。劳拉觉得她们有所隐瞒,伊迪斯的不认同、安的躁动和紧张造作、莎拉的强颜欢笑……不知哪里出了问题。

前门门铃大作,脸孔板得更紧的伊迪斯宣布莫布雷先生驾到。

莫布雷先生像只兴奋的虫子般飞奔而入——真的没别的形容了。劳拉女爵心想,他应该很适合演年轻又浮夸的奥斯里克①。

"安!"他大声喊道,"你穿起来啦!我亲爱的,真是太美了。"

他隔着距离,歪头打量安的衣服,安一边帮他介绍劳拉女爵。

他走向女爵,一边兴奋地大喊。

"是浮雕的贝壳胸针,太美了!我超爱雕贝,简直爱不释手!"

"巴兹尔非常喜爱维多利亚时期的珠宝。"安表示。

"亲爱的,它们太有想象力了,那些绝美的小盒子——双人发丝交缠,卷成垂柳或瓮壶——现在已做不出那么细致的东西了,那是失传了的艺术呀。还有蜡花,我爱死蜡花了,还有小小的纸桌。安,你一定要跟我去看一张美呆了的桌子,里面有原本的茶叶盒,贵得要命,却非常值得。"

劳拉·惠兹特堡说:"我得走了,免得耽误你出门。"

"留下来陪莎拉说说话吧,"安说,"你很少见到她,而且劳伦斯·斯蒂恩还要一阵子才会过来找她。"

"斯蒂恩?劳伦斯·斯蒂恩?"劳拉女爵很快地问。

"是啊,哈里·斯蒂恩爵士的公子,非常迷人。"

"噢,你真的这么认为吗,亲爱的?"巴兹尔说,"他老是很夸张——有点像部烂片。不过女生似乎都为他倾倒。"

---

① 奥斯里克(Osric),莎剧《哈姆雷特》中的纨绔子弟。

"他有钱到令人发指。"安说。

"对,没错。大部分有钱人都脑满肠肥,像他那样集财富与魅力于一身,实在很不公平。"

"我看我们该走了,"安说,"我再打电话给你,劳拉,咱们安排个时间,好好聊一聊。"

她作态地吻了一下劳拉,然后便与巴兹尔出门了。

劳拉女爵听见巴兹尔在走廊上说:"她佩戴的那件古董真是精美绝伦,为什么我以前从未见过她?"

几分钟后,莎拉冲回客厅。

"我动作很快吧?我赶得要命,几乎没空上妆。"

"那衣服很漂亮,莎拉。"

莎拉旋身转动,她穿了件紧身淡青色缎子,衬出她姣好的身材。

"喜欢吗?很贵呢。妈妈呢?跟巴兹尔走了吗?他很糟糕吧?不过人很风趣,又刁钻,老女人很吃他那一套。"

"也许这对他非常有利。"劳拉女爵不苟言笑地说。

"你也太愤世嫉俗了吧——不过说得一点也没错!妈妈一定玩得很开心,简直乐不思蜀。你不觉得妈妈真的很迷人吗?噢,天啊,变老一定很恐怖!"

"我可以跟你保证,其实很舒坦。"劳拉女爵说。

"对你当然无所谓了——又不是人人能成为名人!从上次见面后,这些年你都在做什么?"

"到处管闲事,介入别人的生活,告诉他们若照我的办法做,生活就会愉快幸福。说穿了,就是把自己变成一个傲慢专横的老太婆。"

莎拉哈哈大笑。

"要不要告诉我如何安排自己的生活?"

"你还需要听吗?"

"我不确定自己是不是活得够聪明。"

"够不够聪明很要紧吗?"

"其实不要紧……我过得很开心,只是我觉得我应该做点什么。"

"诸如?"

莎拉漫无边际地说:"哎呀,我也不晓得,反正就学点东西、受点训练吧。好比考古学、速记打字,或按摩、建筑之类的。"

"范围太广了吧!难道你都没有特别的喜好?"

"没有——我想没有……花店的工作还不错,但有点做腻了。我并不清楚自己要什么……"

莎拉漫无目标地在房中踱步。

"不考虑结婚吗?"

"唉,结婚!"莎拉皱眉苦笑,"婚姻往往都会走调。"

"不一定总是那样。"

莎拉表示:"我大部分朋友似乎都跟另一半分手了,最初一两年还好,后来便走样了。当然了,我想,如果嫁给口袋很深的人,应该就还好吧。"

"原来你是那么想的？"

"这是唯一合理的想法，爱情固然不错，"莎拉不假思索地说，"但毕竟那只是一种性吸引力，无法持久。"

"你跟教科书一样说得头头是道。"劳拉女爵冷冷表示。

"那是事实，不是吗？"

"再对不过了。"劳拉马上回道。

莎拉看起来有些失望。

"所以唯一合理的做法，就是嫁个非常有钱的人。"

劳拉·惠兹特堡的唇角拉出一抹淡淡的笑意。

"或许那也无法持久。"她说。

"是啊，我想这年头钱也是来来去去。"

"我不是指那个。"劳拉女爵说，"我是指花钱的乐趣，跟性吸引力一样，等你习惯花钱后，花钱的乐趣跟其他一切一样，就会变淡了。"

"我可不会。"莎拉笃定地说，"漂亮衣服……皮草、珠宝首饰，还有游艇……"

"你真是个小孩子，莎拉。"

"噢，我才不是，劳拉，我觉得自己好老，偶尔还觉得自己看破了世事。"

"是吗？"劳拉看着莎拉年轻美丽的渴盼面容，忍不住笑了。

"我真的应该设法离开这里，"莎拉出人意料地说，"找份工作，结婚嫁人，或做点什么。我很容易惹妈妈生气，我努力顺她的意，却动辄得咎。当然了，我知道自己也不好搞。人生很奇怪，对不对，劳拉？前一刻，一切都乐趣十足，让人玩得不亦乐乎，接着就全走样了，让人不知道身置何处、想做什么，又无人可以谈心。有时我竟会觉得害怕，不知所以然，也不懂自己在怕些什么……但我就是……怕。也许我该去找人分析或什么的。"

门铃响了，莎拉跳起来。

"应该是劳伦斯！"

"劳伦斯·斯蒂恩吗？"劳拉立即问道。

"是啊，你认识他？"

"我听说过他。"劳拉的语气十分严峻。

莎拉哈哈大笑。

"那不够，我来帮你们介绍。"她说着，这时伊迪斯开门宣布斯蒂恩先生到临。

劳伦斯·斯蒂恩高大黝黑，年约四十，外貌与年龄相符，一对好奇的眼睛几乎被眼皮遮去大半，举止慵懒优雅，有如大型动物，是那种会让女人立即感兴趣的男人。

"哈啰，劳伦斯。"莎拉说，"这位是劳伦斯·斯蒂恩。这一位是我的教母，劳拉·惠兹特堡女爵。"

劳伦斯·斯蒂恩走上前拉起劳拉女爵的手，以略带戏剧性而流于轻浮的姿势弯身行礼。

"敝人荣幸之至。"他说。

"看见了吗，亲爱的？"莎拉说，"你真是位贵族呢！当女爵一定很有意思，你觉得我能当上女爵吗？"

"我想不太可能。"劳伦斯说。

"哦，为什么？"

"你的天分在其他方面。"

他转身对着劳拉女爵。

"昨天我才拜读了您登在《评论员》上的文章。"

"噢，那篇。"劳拉女爵说，"关于婚姻稳定性的文章。"

劳伦斯喃喃说："您似乎认定，众人皆希望婚姻能稳定持久，但我觉得，婚姻的无常如今反成了它最大的魅力。"

"劳伦斯结过很多次婚。"莎拉调皮地说。

"只有三次，莎拉。"

"天啊。"劳拉女爵说，"该不会是另一桩'浴缸里的新娘'①吧。"

"他把她们送上离婚法庭，比杀人简单多了。"莎拉说。

"可惜费用昂贵得多。"劳伦斯说。

"我是看着你的第二任妻子长大的，是莫伊拉·德纳姆对吧？"劳拉说道。

"正是。"

"很漂亮的女孩。"

"我同意您的看法，她很可爱，但不够优雅。"

---

① 浴缸里的新娘（brides in the bath），指1915年发生于英国的连环杀人案，受害新娘总共有三人。

"优雅的气质有时是用钱堆出来的。"劳拉·惠兹特堡说。

她站起身。

"我得走了。"

"我们可以送你一程。"莎拉说。

"不用了,谢谢,我想走走路。晚安,亲爱的。"

说完她将门带上。

"她显然不认同我。"劳伦斯说,"我会带坏你,莎拉,伊迪斯老太婆每次帮我开门,鼻孔都快喷火了。"

"小声点,"莎拉说,"她会听见。"

"公寓就是有这个大缺点,没有隐私……"

他向她挨近,莎拉稍稍退开,啐道:"公寓的确没有隐私,连马桶冲水都听得见。"

"你母亲今晚去哪儿了?"

"出去吃饭了。"

"你母亲是我所认识的最聪明的女人之一。"

"哪方面?"

"她从不干涉你,对吧?"

"不会——噢,不会的……"

"所以我才说她是聪明女人……咱们走吧。"他站开一步,看了她一分钟,"你今晚美得出奇,莎拉,本就应该如此。"

"今晚干嘛这么大费周章?是什么特别场合吗?"

"今晚有事要庆祝,晚点再告诉你我们要庆祝什么。"

第二章

几个小时后,莎拉重新又问了一遍。

他们坐在伦敦最高级的夜总会,里头热闹异常,空气混浊,一眼望去并不觉得此处与其他夜总会有何差异;但人们就是时兴赶时髦。

莎拉有一两次企图探出庆祝的原因,都被劳伦斯四两拨千斤地转掉了,他真的很会吊人胃口。

莎拉抽着烟环顾四周,说道:"妈妈身边的很多古板朋友都觉得,她准许我到这种地方来很糟糕。"

"更糟的是,还纵容你跟我一起到这种地方?"

莎拉闻言大笑。

"为什么别人都认为你这么危险,劳伦斯?你到处勾引天真无邪的年轻女生吗?"

劳伦斯佯装发抖地说:"没那么严重。"

"那到底是怎么回事?"

"大概是觉得我涉足了报上所说的狂欢活动吧。"

莎拉坦白说道:"听说你们办过一些离经叛道的派对。"

"有些人觉得离经叛道,但我只是不恪守传统罢了。若有足够的实验勇气,人生可做的事实在太多了。"

莎拉大感兴趣。

"我正是那么想。"

劳伦斯接着说:"我不特别喜欢年轻女孩,她们愚昧、轻佻又粗俗,但你不一样,莎拉。你有勇气、有热情——真正的热情。"他用眼神意味深长地轻抚她,"而且身材又美,懂得享受快感、懂得品尝……感受……你还不清楚自己的潜能。"

为了掩饰内心的颤动,莎拉故意轻快地说:"你真会说话,劳伦斯,我相信你这番话一直所向披靡。"

"亲爱的,大部分女孩都令我生厌,你却不然。因此,"他向莎拉举杯,"让我们庆祝吧。"

"好……但我们要庆祝什么?为何如此神秘?"

他对她微微一笑。

"并不神秘,其实很简单,我的离婚判决今天下来了。"

"哦……"莎拉似乎十分吃惊。斯蒂恩盯着她。

"是的,这样就没有阻碍了,你怎么说,莎拉?"

"什么怎么说?"莎拉问。

斯蒂恩突然粗暴地表示:"别跟我瞪大眼装天真,莎拉,你明明知道我……我想要你,你知道这情况已有一段时间了。"

莎拉避开他的眼神,心脏愉悦地狂敲,劳伦斯有种令人亢奋的特质。

"你觉得大部分女人都很迷人,不是吗?"她轻声问。

"现在有魅力的女人很少了,此时此刻……唯独你有。"他顿了一下,然后像随口提问似的低声说:"嫁给我吧,莎拉。"

"我不想结婚,而且你一定很高兴重获自由,不会想立刻又被绑住。"

"自由是种幻觉。"

"你是个很烂的婚姻代言人,你上一任妻子一定很不快乐吧?"

劳伦斯平静地说:"过去两个月我们在一起时,她几乎不曾停止哭泣。"

"我想,是因为她爱你?"

"看起来是吧,她向来笨得出奇。"

"你当初为何娶她?"

"她长得跟早期的圣母像几无二致,那是我最爱的艺术品,可惜一摆到家里就走味了。"

"你真是个残酷的恶魔,劳伦斯。"莎拉半反感、半兴奋地说。

"但你就是喜欢我这一点,不是吗?假如我是那种稳重可靠、忠贞不贰的丈夫,你根本不会把我放在眼里。"

"你也太坦率了吧。"

"莎拉,你想过顺服太平的日子,还是危险刺激的?"

莎拉没回答,径自将一小片面包推到小盘上,然后说道:"你的第二任妻子——莫伊拉·德纳姆——劳拉女爵认识的那位,又是怎么回事?"

"你最好去问劳拉女爵,"他笑道,"女爵自会跟你说明白,她是个可爱但粗俗的女孩——套句俗话吧,我伤透了她的心。"

"你对你的老婆们似乎不太好。"

"我可没伤透第一任老婆的心,这点我可以跟你保证。她离我而去,是因为道德标准严谨,不认同我的做法。事实上,莎拉,女人从来不是因男人的本质而嫁,她们会希望婚后能让男人变得不一样,但至少你可以承认,我并未对你掩藏自己的本性。我喜欢冒险,喜爱尝试禁忌、贪欢,我没有崇高的道德标准,也不会戴上假面掩饰。"

他压低声音说:"我可以给你很多东西,莎拉,我指的不仅是金钱能买的东西——例如能裹住你玲珑躯体的皮草,衬出你白皙皮肤的珠宝——我能供你所有的一切,让你活出热力,莎拉,我可以让你学会去感受。别忘了,生命就是一种体验。"

"我……是的,我想是的。"

她看着劳伦斯,心中既厌恶又兴奋。

他朝莎拉挨近。

"你对人生究竟了解多少,莎拉?微乎其微!我可以带你四处游历,到可怕龌龊的地方见识生命的残暴无情,让你好好感受——真切地感受——活着是何等地痛快!"

他斜着眼睛,紧盯她的反应,然后再故意岔开话题。

"好啦,"他愉快地说,"咱们最好离开这儿。"

他示意侍者送上账单。

然后淡漠地对莎拉一笑。

"我该送你回去了。"

在豪华漆黑的车里,莎拉防备地端坐着,但劳伦斯连碰都没碰她,害莎拉颇为失望。劳伦斯暗自偷笑,明白她的落寞,他太了解女人了。

劳伦斯陪莎拉走上公寓,莎拉拿钥匙开门,进客厅开灯。

"要喝杯酒吗,劳伦斯?"

"不用了,谢谢。晚安,莎拉。"

"劳伦斯。"她忍不住将他唤回来,这点早在劳伦斯预料之中。

"什么事?"

他站在门口,扭头望着肩后,眼神如鉴赏家般地扫视着她。完美——太完美了,是的,他一定要拥有她,他的脉搏微微加速,表面却不动声色。

"你知道……我在想……"

"想什么?"

他走向她,两人都压低声音说话,因为莎拉的母亲和伊迪斯的卧室就在旁边。

莎拉急促地说:"其实,我并未真正爱上你,劳伦斯。"

"没有吗?"

他的语气令她忍不住结巴。

"没……不算有,不是真的爱上了,我的意思是说,假如你失去所有的钱财,然后……呃,跑去种柳橙或到别的地方,我是不会想你的。"

"那很合理。"

"但那就表示我并不爱你。"

"一往情深最令我生厌,我不要你那样,莎拉。"

"那么……你想要什么?"

这是个不明智的问题,但她就是想问。她想继续下去,看看到底……

他原本就离她很近了,现在突然弯身吻住她的颈窝,抚着她的酥胸。

莎拉想抽身,却放弃了,她的呼吸急促起来。

片刻之后,劳伦斯放开她。

"你刚才说,你对我没感情。"劳伦斯柔声说,"你撒谎。"

说罢,劳伦斯离她而去。

第三章

安比莎拉早了四十五分钟到家,她拿钥匙开门进屋,却见满头老式发卷的伊迪斯从房间探头出来。

最近她觉得伊迪斯愈来愈烦人了。

伊迪斯开口就对她说:"莎拉小姐还没回来。"

伊迪斯话中的责备语气令安十分反感,她立即出声反驳。

"她为何非早回来不可?"

"出去玩那么久——她还是个年轻姑娘呢。"

"别大惊小怪的,伊迪斯,现在不比我年轻的时候了,女孩子都很懂得照顾自己。"

"那更糟,"伊迪斯说,"后果可能不堪设想。"

"我们以前那个年代的女生还不是一样不堪。"安淡淡表示,"天真又无心机,如果人真要犯傻,再多的保护也挡不了她们做出蠢事。现在的女生,什么都读得到,什么都能做,哪儿都能去。"

"啊,"伊迪斯阴沉沉地说,"一次经验胜读万卷书,你若没意见,其实也不干我的事。但世上绅士何其多,我就是不喜欢今晚跟她出去的那位。我姐姐诺拉的二女儿就是被那种男人毁了的——伤害造成后,再怎么哭也没用了。"

安虽然心烦,仍抑不住地笑出来——伊迪斯跟她那些亲戚!而且想到自信开朗的莎拉被比成村里的女仆,安便觉得好笑。

她说:"好啦,别再想东想西,去睡了吧。你今天去帮我拿安眠药了吗?"

伊迪斯嘟囔说:"放在你床边了,不过吃安眠药对你不好……会不知不觉上瘾,更甭提会让人变得更加神经质。"

安生气地骂道:"神经质?我才没有神经质。"

伊迪斯没搭腔,只是垂下嘴角,重重吸口气,退回自己房间。

安愤愤地走回卧房。

她心想,这个伊迪斯真是愈来愈讨厌了,真不懂我干嘛隐忍她。

神经质?她哪里神经质了。最近她只是常睡不着罢了,每个人多少都有失眠的问题,吃点药求得一夜好眠,总比脑子像笼里的松鼠般乱转、醒着听时钟滴答响好吧。麦昆医师对此事非常体谅,帮她开了微量无害的药,应该是溴化物吧,让她镇静心神、别想太多……

唉,为什么大家都如此乏味,伊迪斯和莎拉都是,连亲爱的劳拉也是。安对劳拉有些过意不去,她一周前就该打电话给劳拉了,劳拉是她最要好的老友,但她就是提不起劲——还不想打——有时劳拉也挺难处的……

莎拉和劳伦斯·斯蒂恩?他们真的有感情吗?女人总是喜欢跟坏男人出去……也许他们只是玩玩而已,就算他们是认真的……

安在药物的催化下睡着了,却连梦中都睡不安稳,在枕上翻来覆去。

第二天早晨,安坐在床上喝咖啡时,床边的电话响了。安拿起听筒,心烦地听见劳拉·惠兹特堡低沉的嗓音。

"安,莎拉是不是常跟劳伦斯·斯蒂恩在一起?"

"天啊,劳拉,你非一大早打电话来问我这件事吗?我怎么知道?"

"你是莎拉的母亲,不是吗?"

"没错,但我总不能老追问孩子跟谁出去吧,她们才受不了呢。"

"得了,安,别搪塞我,他在追莎拉吗?"

"应该没有吧,他的离婚官司好像还没判定。"

"昨天判决已经下来了,我看到新闻了。你对斯蒂恩了解多少?"

"他是哈里·斯蒂恩爵士的独生子,非常富有。"

"而且声名狼藉是吗?"

"噢,那个呀!男人不坏女人不爱——自古皆然。但他们只是玩玩而已。"

"我想跟你谈谈,你今晚在家吗,安?"

安立即表示:"不在,我会出门。"

"那就六点左右见。"

"很抱歉,劳拉,我要去参加鸡尾酒派对……"

"好,没问题,那我五点左右到……或者……"劳拉·惠兹特堡十分坚持,"你希望我现在就过去?"

安只好投降。

"五点吧——五点很好。"

她重重叹气后挂上听筒。劳拉好固执!那些评议会、联合国教科文组织、联合国办事处等……让女人的想法都变了。

"我不希望劳拉没事就往这儿跑。"安焦躁地对自己说。

尽管如此,劳拉出现时她还是笑脸迎人地接待。伊迪斯送茶进来时,安正高兴地聊着天,劳拉·惠兹特堡一反常态地可亲,她专心聆听,适时回应,但仅止于此。

话题渐歇后,劳拉女爵放下杯子,一如以往地坦率开口了。

"很抱歉让你担心了,安,但我从美国回来途中,听见两名男子在议论劳伦斯·斯蒂恩这个人——他们把他说得很难听。"

安耸耸肩。

"噢,无意间听到的事……"

"通常都非常有意思,"劳拉女爵表示,"那两位都是正人君子——他们对斯蒂恩评价极低。加上斯蒂恩的第二任妻子莫伊拉·德纳姆,我在她婚前便认识她,他们离婚后也见过她,她彻底地崩溃了。"

"你是在暗示说莎拉……"

"莎拉若嫁给劳伦斯·斯蒂恩,未必会变成那样。她生性坚强,毫不怯懦。"

"那么……"

"但我想她可能会很不快乐。还有另一件事,你在报上读过一名年轻女孩,希拉·沃恩·赖特的消息吗?"

"是跟毒瘾有关吗?"

"没错,这是她第二次上法庭了,她曾是劳伦斯·斯蒂恩的朋友。安,我要跟你说的是,劳伦斯·斯蒂恩是极恶之徒——假如你还不知道的话——或许你已知道了?"

"我当然知道别人对他的议论,"安勉强答道,"但你指望我怎样?我又不能禁止莎拉跟他出去。我若阻拦,可能适得其反,你又不是不知道,小孩子哪肯听指挥,多说了只会愈闹愈大。我从不觉得他们俩是玩真的,他喜欢莎拉,莎拉觉得刺激,因为他声名狼藉,你似乎认为斯蒂恩想娶莎拉……"

"是的,我认为他想娶她,他就是我所谓的'搜集者'。"

"我不懂你的意思。"

"那是一种人格类型——不是很好的那种。假设莎拉想嫁他,你有何感想?"

安苦涩地说:"我的感想重要吗?孩子还不是为所欲为,想嫁谁就嫁。"

"但你对莎拉的影响力很大。"

"才没有,劳拉,这点你错了,莎拉完全按自己的意思做事,我不会干涉她。"

劳拉·惠兹特堡瞪着安。

"安,我实在不懂你,如果她嫁给这个人,你都不会生气吗?"

安点起一根烟,不耐烦地抽着。

"事情很难说,许多名声扫地的男人结婚后,反而成为很棒的丈夫。若纯以现实眼光来看,劳伦斯·斯蒂恩其实是很好的对象。"

"那对你并不重要,安,你要的是莎拉的幸福,不是她的婚产。"

"当然,但你可能没意识到,莎拉非常喜欢美好的事物,她比我更爱奢华的生活。"

"但她不会仅为了钱而结婚吧?"

"我想不至于。"安的语气颇有保留,"说真的,我觉得她非常喜欢劳伦斯。"

"你认为钱财有加分效果?"

"我不知道!这么说好了,若要莎拉嫁给穷人,她会非常犹豫。"

"只怕未必。"劳拉女爵若有所思地说。

"现在的女孩除了金钱,别的都不想、不谈了。"

"噢,我听过莎拉谈话!她说得头头是道,冷静至极,但语言可表达心绪,亦能掩饰。无论是哪个年代的年轻女性,她们的谈话都有模式可循,问题是,莎拉究竟想要什么?"

"我不知道。"安表示,"我想……她只想要快乐时光。"

劳拉女爵瞥了安一眼。

"你觉得她快乐吗?"

"快乐呀,真的,劳拉,她快乐极了。"

劳拉语重心长地说:"我不觉得她快乐。"

安立即驳道:"女孩子嘛,就是爱摆谱罢了。"

"也许。那么你不觉得自己能干涉莎拉和劳伦斯·斯蒂恩的事?"

"看不出我能做什么,你何不跟莎拉谈一谈?"

"我不该那么做,我只是她的教母,很清楚自己的身份。"

安气得涨红了脸。

"所以你认为应该由我来跟她谈?"

"并非如此,就像你说的,谈话没什么好处。"

"但你认为我应该做点什么?"

"不,没那必要。"

"那你究竟是什么意思?"

劳拉·惠兹特堡凝重地远望着客厅对面的窗外。

"我只是不懂你心底在想什么。"

"我心底?"

"是的。"

"我没想什么,什么也没想。"

劳拉·惠兹特堡将眼光从屋外抽回,很快瞄了安一眼。

"是啊,"她说,"我就是怕那样。"

"我真的一点也不懂你在说什么。"

劳拉说:"问题不在你脑袋里,而在心底深处。"

"噢,如果你想谈乱七八糟的潜意识,就省省吧,劳拉,你……你似乎拐着弯在骂我。"

"我没有指责你。"

安站起来开始来回踱步。

"我搞不懂你的意思……我很爱莎拉……你也知道她对我有多重要,我……为了她,我放弃了一切!"

劳拉严肃地说:"我知道你两年前为她做了很大的牺牲。"

"嗯?"安问道,"那不就证明了吗?"

"证明什么?"

"我有多爱莎拉。"

"亲爱的,我又没说你不爱她!你这是在为自己辩解,而不是反驳我的指控。"劳拉站起来,"我得走了,或许我根本不该来……"

安尾随劳拉到门边。

"一切都如此扑朔迷离,没有什么是可以掌握的……"

"没错。"劳拉顿了一下,才又扬声说。"问题是,牺牲并非一时完成便结束了!牺牲的后果会持续下去……"

安讶异地瞪着她。

"什么意思,劳拉?"

"没什么意思,祝福你,亲爱的,听我一句劝——算是听专业人士的建议吧,别让自己忙到没时间思考。"

安哈哈大笑,又恢复原本的好脾气。

"等我老到做不了事,我会坐下来好好思考的。"她开心地说。

伊迪斯进来收拾东西,安瞄了一眼时钟,惊呼一声,冲回卧房。

她仔细化妆,贴近镜子凝视自己。新发型剪得真好,让她年轻不少。安听见前门传来敲门声,便出声喊伊迪斯。

"有信吗?"

伊迪斯默默检视信件,然后才出声回答。

"除了账单没别的了,夫人……有一封给莎拉小姐的信——南非来的。"

伊迪斯故意加重最后几个字的语气,但安并未留意。安返回客厅时,莎拉正好拿着钥匙开门进来。

"我讨厌菊花的臭味,"莎拉嘀咕说,"我应该去时装杂志当模特儿,桑德拉一直叫我去,而且薪水比较好。哈啰,你有茶会啊?"她问,这时伊迪斯走进来收拾杯子。

"劳拉来过了。"

"劳拉?又是她?她昨天不是才来。"

"我知道。"安迟疑了一会儿后说,"她告诉我,不该让你跟劳伦斯·斯蒂恩交往。"

"劳拉那么说吗?她保护欲好强,怕我被大野狼吞掉吗?"

"显然是。"安故意说,"他的名声似乎很糟。"

"这点所有人都知道!我刚才好像看到走廊上有信。"莎拉走出去,回来时拿着一封贴着南非邮票的信。

安说:"劳拉觉得我该阻止。"

莎拉低头看信,心不在焉地说:"什么?"

"劳拉觉得我该阻止你和劳伦斯交往。"

莎拉嬉皮笑脸地说:"亲爱的,你能怎么样?"

"我正是这样跟她说,"安得意道,"现在的母亲根本无能为力。"

莎拉坐到椅子扶手上拆信,摊开两页的信纸开始读。

安继续说道:"我老忘记劳拉的年纪!她真是老了,跟现代人的观念完全脱节,老实说,我本来也很担心你跟劳伦斯·斯蒂恩过从太密……但我觉得若对你表示意见,反而会更糟。我相信你不会真的干出傻事……"

她顿了一下,读信的莎拉只是喃喃虚应:"当然了,亲爱的。"

"你应该自由选择自己的朋友,我觉得,有时很多摩擦都是因为……"

电话铃响。

"天啊,电话又来了!"安大喊一声,开心地走过去,期待地拿起听筒。

"哈啰……我就是普伦蒂斯太太……是的……哪位?我没听清楚……您刚才说是康福德吗?……噢,克——劳——菲……噢!……啊!……我真笨哪……是你吗,理查德?……是啊,好久不见了……你真贴心……不会,当然不会……不会的,我很高兴……真的,我是说真心话……我常在猜想……你过得好不好?……什么?……真的吗?……我真高兴,恭喜你……她一定很迷人……谢谢……我当然想见她……"

莎拉从椅子扶手上站起来,两眼无神地慢慢走向门边,刚才所读的信在手里捏成一团。

安继续接电话:"不行,明天我没办法……不行……稍等一下,我去拿我的小本子……"她急切地喊道:"莎拉!"

莎拉在门边回头。

"什么事?"

"我的小本子呢?"

"你的本子?不知道。"

莎拉神魂缥缈，安不耐烦地催促她。

"快去找呀，一定在哪个地方，也许在我床边，亲爱的，你快点。"

莎拉离开客厅，一会儿后拿着安的记事本回来。

"找到了，妈妈。"

安翻着本子。

"你还在吗，理查德？不行，午餐不行，你周四能过来喝一杯吗？……噢，原来如此，真可惜，午餐也不行吗？……你得搭早上的火车吗？……你们住哪儿？……噢，那就在街角而已，我知道，你们两位能不能现在就来喝杯东西？……不，我等下要出门，但我还有点时间……太好了，立刻过来吧。"

她放下电话，心神恍惚地对空望着。

莎拉先是随口问道："谁打来的？"接着勉强挤出一句："妈，我接到杰拉尔德的消息……"

安突然站起来。

"叫伊迪斯把最棒的玻璃杯拿出来，还有弄点冰块。快点，他们要过来喝酒。"

莎拉顺从地照办。

"谁要来？"语气不十分热衷。

安说："理查德——理查德·克劳菲！"

"他是谁？"莎拉问。

安瞪她一眼，但莎拉仍十分茫然。她跑去找伊迪斯。

等莎拉回来后，安加重语气。

"是理查德·克劳菲。"

"谁是理查德·克劳菲？"莎拉一头雾水地问。

安绞着手，怒不可抑，足足停了一分钟，才稳住自己的声音。

"原来……你连他的名字都不记得了？"

莎拉的眼神再度飘向手上拿着的信件，嘴上漫不经心地说："我认识他吗？跟我多说一些他的事吧。"

安声音嘶哑，一字字地咬牙重重说出口，确保莎拉都听进去了。

"理查德·克劳菲。"

莎拉惊愕地抬起头，突然意会过来。

"什么？不会是花椰菜吧？"

"就是他。"

对莎拉而言，理查德只是个笑话。

"没想到他又出现了，"她好笑地说，"他还在追你呀，老妈？"

安草草答道："没有，人家结婚了。"

"不错嘛。"莎拉说，"不知他老婆长什么样？"

"他要带她过来喝东西，马上就到了，他们住在兰波特旅馆。把这些书收一收，莎拉，将你的东西放到走廊，还有你的手套。"

安打开皮包，焦急地用小镜子检视面容，莎拉回来时她问：

"我看起来还好吗？"

"很漂亮。"莎拉兀自蹙着眉头，随口答道。

安阖上皮包，不安地在房中四处乱走，搬动椅子，重新调整椅垫。

"妈，我收到杰拉尔德的消息了。"

"是吗？"

黄铜花瓶的菊花若摆到角落桌上会更好看。

"他运气坏透了。"

"是吗？"

香烟盒还有火柴放这里。

"是呀，柳橙害了病，他和合伙人负债……如今只好变卖东西还债，一切都付诸流水了。"

"真可怜，但我并不讶异。"

"为什么？"

"杰拉尔德似乎老是遇到那种事。"安含糊地说。

"是啊……的确是这样。"莎拉说得轻描淡写，不再像以前激烈地为杰拉尔德辩解。她淡淡说道："又不是他的错……"但语气不如往昔肯定。

"也许不是。"安心不在焉地说，"但我觉得他永远成不了气候。"

"是吗？"莎拉再度坐到椅子扶手上，急切地问道，"妈，你觉得——说真的——杰拉尔德永远做不了什么大事吗？"

"看起来是这样。"

"但我知道……我很确定——杰拉尔德其实很有才能。"

"他是个可爱的孩子,"安说,"但只怕他适应不了这个世界。"

"或许吧。"莎拉叹道。

"雪利酒吧?理查德向来喜欢雪利多过于琴酒,噢,在这儿。"

莎拉说:"杰拉尔德说他要跟另一位朋友去肯尼亚,打算去卖车——开间车行。"

"那好呀,"安说,"很多没本事的人最后都跑去开车行了。"

"可是杰拉尔德对车子很内行,他把一部十英镑买来的车子改装得有模有样,你知道吗,妈妈,杰拉尔德并不是偷懒或不肯工作,他真的很努力——非常辛苦,只是我觉得……"她苦思道,"他的判断力不是太好。"

安首次全心注意到女儿,她委婉但坚定地说。

"你知道吗,莎拉?我若是你,我会……彻底将杰拉尔德遗忘。"

莎拉似乎有些动摇,她颤着唇。

"是吗?"她犹疑不决地问。

门铃响了,安精神一振。

"他们到了。"

安换了个位置,用造作的姿态站到壁炉架边。

第四章

　　理查德意气风发地走入屋内,这是他感到尴尬时惯用的伎俩。若非为了多丽丝,理查德是绝不会来的,但多丽丝一直很好奇,想尽办法缠着他来。年轻貌美的多丽丝嫁了比自己年长许多的丈夫,凡事都得顺着她的意。

　　安露出迷人的笑容上前迎接,觉得自己像舞台上的戏子。

　　"理查德——见到你真好!这位就是尊夫人吗?"

　　在客气的寒暄及无关痛痒的闲谈背后,是众人狂旋的心思。

　　理查德暗忖:"她变好多……我几乎认不得了……"

　　接着理查德松了口气,心想:"其实她并不适合我,太艳丽……太时髦了，看起来不怎么正经，不是我的类型。"

他对妻子多丽丝格外珍惜起来。理查德对妻子非常迷恋——她真的好年轻。但有时他会不安地发现，妻子造作的口音常令他不耐烦，而她的淘气也实在有点磨人。理查德不认为自己高攀——他在南岸的旅馆里遇见多丽丝，她家非常富有，父亲是退休的营造商，多丽丝的父母一度极讨厌他，但如今已比一年前好多了，而他也渐渐接纳了多丽丝的朋友们。理查德知道，这并非他原本希望的……多丽丝永远无法取代他逝去已久的艾琳，但多丽丝带给他第二春，此刻理查德已经很满足了。

一直对普伦蒂斯太太心存疑虑与醋意的多丽丝，看到安的装扮后，非常诧异。

"天啊，她怎么那么老！"年轻的多丽丝心想。

她觉得这里的装潢跟家具都相当华美，而那个女儿简直美若时装杂志里的人。没想到她的理查德以前曾跟这种时髦女子订婚，真令她刮目相看。

安看到理查德时也十分震惊，这位在她面前侃侃而谈的男子，不啻陌生人，而她对他亦然。理查德与她分道扬镳，此刻两人之间已无交集。安一向觉得理查德有两项特质，他总是带点自负与顽固。原本理查德十分单纯，拥有一些有趣的潜质，但那些可能性都已封死。安曾经深爱的理查德，如今囚禁在这位亲切而带点傲慢、平凡无奇的英国丈夫身体中了。

理查德娶了这名庸俗任性的孩子,没有气质、头脑,仅有肤浅的美貌与青春。

他娶了这个女孩,是因为她——安——不要他了,在羞愤与痛苦下,轻易地爱上第一位对他示好的女性。也许这样最好吧,或许他很快乐……

莎拉送酒过来,客气地打招呼。她的想法很单纯,心里只有一句话:"这些人实在乏味到了骨子里!"莎拉并未察觉到暗潮汹涌,仍揪心地挂着"杰拉尔德"这个名字。

"你们把这地方整个改装过了?"

理查德环顾着四周。

"你家里的装潢好美啊,普伦蒂斯太太。"多丽丝说,"摄政风格①最近正流行吧?这里以前是什么模样?"

"老式风格吧。"理查德含糊地说。他记得温暖的炉火、安,以及自己所坐的旧沙发,如今已换成贵妃椅了。"我比较喜欢以前的样子。"

"男人真是顽固到不行,对不对,普伦蒂斯太太?"多丽丝假笑道。

"我妻子非要我跟上时代不可。"理查德表示。

"那是一定要的呀,亲爱的,我才不会让你变成赶不上时代的老头子。"多丽丝爱怜地说,"普伦蒂斯太太,你不觉

---

① 摄政风格(Regency),指英王乔治四世代父摄政的九年期间(1811—1820),英国流行的艺术风格。

得他比你最后一次见到时年轻了好几岁吗?"

安避开理查德的眼神,说道:"我觉得他看起来很棒。"

"我在打高尔夫。"理查德说。

"我们在贝辛区附近找到一间房子,运气很好吧?那边搭火车很方便,理查德可以每天去打高尔夫,而且球场又很棒。不过周末时人还蛮多的。"

"这年头能找到合意的房子的确很运气。"安答道。

"是呀,而且还有爱家牌①的厨具,电线配置周全又全部换新了。理查德想要那种旧到快塌的老房子,但我坚持不要!我们女人比较务实,对吧?"

安客气地说:"现代的房子确实能省掉很多家事。你们有花园吗?"

理查德和多丽丝同时开口,理查德回答:"不算是有花园……"但多丽丝却说:"有。"

理查德的嫩妻责怪地看着他。

"你怎么那样说,亲爱的,我们已经种了很多球茎植物呢。"

"房子周围有四分之一亩地。"理查德说。

他与安四目交换,两人以前曾讨论过若搬到乡间,希望有何种花园:有一片围起来种植水果的园子,以及植了树的草坪……

---

① 爱家牌(Aga),英国高档厨具。

理查德连忙转头问莎拉。

"这位小姐,你最近还好吗?"他对莎拉又恢复昔时的紧张,因此语气听来怪异而滑稽。"常去派对狂欢吗?"

莎拉乐得哈哈笑,心想:"我都忘记花椰菜有多讨人厌了,为了老妈,我最好让他住嘴。"

"噢,是呀。"她说,"不过我规定自己,每周到酒吧林立的瓦恩街不得超过两次。"

"现在的女人喝太多酒,脸都喝老了——不过我必须说,两位看起来非常美艳。"

"我记得你一向对化妆品很感兴趣。"莎拉甜声说。

她走向正与安攀谈的多丽丝。

"我再帮你弄杯酒吧。"

"噢,不用了,谢谢,普伦蒂斯小姐——我不能喝,连这点小酒都会让我头昏。你们家的吧台好棒,实在太漂亮了。"

"是非常方便。"安说。

"还没结婚吗,莎拉?"理查德问。

"噢,还没,不过希望能嫁得掉。"

"你应该会去阿斯科特[①]这类场所吧。"多丽丝羡慕地说。

"今年的雨打坏了我最好的一件外衣。"莎拉说。

"你知道吗,普伦蒂斯太太,"多丽丝再次转头对安说,

---

① 阿斯科特(Ascot),英国最知名的赛马场。

"你跟我想象的完全不一样。"

"你想象的是什么样?"

"但话说回来,男人实在很拙于描述,不是吗?"

"理查德怎么形容我?"

"噢,我不知道。反正我觉得跟他说的不太一样,我以为你是那种安静胆怯的小女人。"她尖声高笑。

"安静胆怯的小女人?听起来真可悲!"

"噢,不是的,理查德非常推崇你,真的。害我有时非常嫉妒。"

"太好笑了。"

"唉,你也知道那情形,有时晚上理查德半句话不吭时,我就笑他说是在想你。"

你想我吗,理查德?会吗?我不相信你会,你会试着忘记我,就像我从来不愿去想你一样。

"你若到贝辛区一带,务必来找我们,普伦蒂斯太太。"

"谢谢你,一定会的。"

"不过我们跟大家一样,也搞不定用人的事,只能请到日佣——而且通常都不牢靠。"

左支右绌地跟莎拉聊天的理查德,此时转头问道:"老伊迪斯还在吧,安?"

"没错,没有她,我们真不知该怎么办。"

"她是位很棒的厨娘,以前常做可口简单的晚餐。"

气氛顿时尴尬起来。

伊迪斯煮的美味晚餐、炉火、印着春日蔷薇花蕾的棉布……轻声细语、一头棕发的安……欢愉的谈天、筹算各种计划……幸福的未来……即将从瑞士返家的女儿——他万万没料到最后一项如此致命……

安看着他，在那一刻，她看到了真正的理查德——她的理查德——用悲伤的眼神望着她。

真正的理查德？多丽丝的理查德跟安的理查德一样真实吗？

此时，她的理查德再次消失了，多丽丝的理查德表示该告辞了。一群人又热情地谈了一会儿——他们到底走不走啊？女孩装腔作势的声音真令人厌烦。可怜的理查德……噢，可怜的理查德……都是她害的，是她将理查德送进那个有多丽丝的旅馆大厅里的。

但理查德真的那么可怜吗？人家有年轻漂亮的妻子，说不定非常快乐。

他们终于走了！莎拉客气地目送他们离去，然后回到客厅，重重吐口大气！

"谢天谢地，终于结束了！你知道吗，老妈，幸好你逃掉了。"

"是吧。"安恍惚地说。

"我问你，你现在会想嫁他吗？"

"不会，"安说，"现在不会想嫁他了。"

我们已自生命的交会点分道扬镳，理查德，你奔向一方,而我走向另一头。我已不是昔日与你在圣詹姆斯公园散步的女子,而你亦非我想要偕老的男人……我们是两个陌生人了。你不在意我今日的妆容……我更觉得你无趣自大……

"你刚才也看到了,你若嫁他一定会无聊死。"莎拉用年轻自信的声音说。

"是的,"安缓缓回应,"没错,我应该会无聊死。"

如今我无法静坐待老,我必须出门——寻欢作乐——做点事情。

莎拉轻柔地揽着母亲的肩头。

"一定是的,亲爱的,你那么爱热闹,若局限在市郊的小花园,整日无所事事地只能等待理查德回家吃晚饭,或告诉你,他在第四洞打了三杆,该有多无聊!那不会是你要的乡村生活。"

"以前我可能会喜欢。"

一片老式、有围墙的花园,种着树的草坪,和一栋安皇后时期的红砖小屋。而且理查德不会去打高尔夫,他会忙着种玫瑰、在树下栽植风信子。假如他爱上高尔夫,我也会替他开心能用三杆打完第四洞!

莎拉爱怜地亲吻母亲的脸颊。

"你应该好好感谢我,亲爱的。"她说,"谢谢我把你救出来,要不是我,你就嫁给他了。"

安站开些,瞳孔微张地瞪着莎拉。

"若不是为了你,我应该就嫁给他了。如今……我不想嫁了，他对我已了无意义。"

她走到壁炉架旁抚着它，眼中尽是不可置信与痛苦。安轻声说："一点意义也没有……什么也没有……人生真是一场恶劣的笑话！"

莎拉走到吧台旁，又为自己倒了杯酒，她焦躁地站了一会儿，最后终于低着头，用事不关己的语气说："妈——我想我最好告诉你，劳伦斯希望我嫁给他。"

"劳伦斯·斯蒂恩吗？"

"是的。"

安沉默半晌，然后才问："你打算如何？"

莎拉转头用哀求的眼神瞥了安一眼，但安并未看她。

莎拉说："我不知道……"

她的声音透露出仿佛小孩被抛弃时的惶恐，莎拉期待地望着安，但安的神情却十分冷酷淡漠。

片刻后，安表示："你得自己决定。"

"我知道。"

莎拉从身边桌上拿起杰拉尔德的信，垂眼望着，在指间缓缓绞着，最后她几乎是用喊的："我不知道该怎么做！"

"我看不出该如何帮你。"安说。

"但你有什么想法呢，妈妈？噢，拜托你说句话吧。"

"我已跟你说过，他的名声不好。"

"噢，那档事呀！那不重要，跟模范生在一起，我一定会闷坏。"

"当然了，他很富有，能供你好好享乐。"安说，"但你若不爱他，就别嫁他。"

"从某个角度来看，我是爱他的。"莎拉沉静地表示。

安站起来看时钟。

然后仓促地回应："那你还有什么问题？天啊，我忘了我要去埃利奥特家，我要迟到了。"

"但我还是不确定……"莎拉顿了一下，"因为……"

安问："该不会还有别人吧？"

"不算有。"莎拉再次垂眼看着手中揉着的杰拉尔德的信。

安很快表示："如果你还在想杰拉尔德，劝你断了这念头，莎拉，杰拉尔德不行的，你愈早忘掉他愈好。"

"我想你是对的。"莎拉慢慢地说。

"我当然是对的。"安断然表示，"忘掉杰拉尔德吧，假若你不爱劳伦斯·斯蒂恩，就别嫁他，你还年轻，有的是时间。"

莎拉烦乱地走到壁炉边。

"我想我有可能嫁给劳伦斯……毕竟他非常迷人。噢，妈妈，"莎拉突然喊道，"我到底该怎么做？"

安生气地说："莎拉，你怎么跟两岁娃娃一样！我怎能替你决定你的一生？那是你自己的责任啊。"

"噢，我知道。"

"所以呢？"安极不耐烦。

莎拉孩子气地说:"我以为,也许你能……多少给我一点建议?"

安回道:"我跟你说过,除非你自己愿意,否则不必嫁任何人。"

莎拉一脸孩子气地突然问:"可是你想要摆脱我,对不对?"

安吼叫道:"莎拉,你怎能说这种话?我当然不想摆脱你,你在想什么!"

"对不起,妈妈,我不是故意的,只是现在都变了,不是吗?我是说,以前我们在一起好快乐,但现在我似乎老是惹你生气。"

"我有时比较神经质吧。"安冷冷地说,"不过你自己脾气也不好,不是吗,莎拉?"

"噢,都怪我自己不好。"莎拉考虑道,"我的朋友大半都结婚了,帕姆、贝蒂和苏珊,琼还没嫁,但她一心从政。"她顿了一下后又说:"嫁给劳伦斯会很有意思,能拥有华服、皮草和梦想的东西。"

安淡然表示:"我真的认为你最好嫁个有钱人,莎拉,你的品位太昂贵了,零用钱总不够花。"

"我痛恨贫穷。"莎拉说。

安深深吸口气,觉得说什么话都显得虚假。

"亲爱的,我真的不知如何给你建议,我觉得这是你自己的事,我不该逼你结婚或建议你别嫁,你必须自己做决定,明白吧,莎拉?"

莎拉很快表示:"当然,亲爱的——我是不是很讨人厌?——我不想让你担心,也许你只需告诉我一件事,你觉得劳伦斯如何?"

"我对他其实没有任何感觉。"

"有时候……我觉得有点怕他。"

"亲爱的,"安被逗笑了,"你会不会太傻气了?"

"是啊,好像是……"

莎拉开始慢慢撕掉杰拉尔德的信,先撕成长条,再慢慢撕成小碎片,然后扔到空中,看碎纸如雪片飘落。

"可怜的杰拉尔德。"莎拉说。

接着她斜眼瞄了安一眼。

"你会在乎我发生什么事吗,妈妈?"

"莎拉!你真是的。"

"对不起,一直啰嗦个没完,我只是觉得很惶恐,就像在暴风雪中走着,不知回家的路在哪儿……那种感觉好诡异,所有人事皆非……你变得不一样了,妈妈。"

"别胡说了,孩子,我真的得走了。"

"你是该走了,这个派对重要吗?"

"我很想看看姬特·埃利奥特新装潢的壁饰。"

"原来如此,"莎拉顿了一下,接着说,"妈妈,你知道吗?也许我比自己想象的还喜欢劳伦斯也说不定。"

"我并不讶异,"安漠然表示,"但你别心急。再见了,心肝宝贝,我得走了。"

前门在安背后阖上。

伊迪斯从厨房出来,拿着托盘进客厅收拾酒杯。

莎拉将唱片摆到留声机上,聆赏保罗·罗伯逊[1]忧伤地唱着《有时我觉得自己像没有母亲的孩子》[2]。

伊迪斯说:"你喜欢的那些歌,我实在不敢恭维。"

"我觉得很动听。"

"对你的品位不予置评。"伊迪斯生气地看着她说,"为什么烟灰都不弹到烟灰缸里,要到处乱弹?"

"那对地毯很好。"

"人们总那么说,但全是骗人的。还有,你为什么把纸片撒满地,垃圾桶不就在墙边吗?"

"对不起,伊迪斯,我没多想,只想把过去撕碎,做个了断。"

"你的过去!"伊迪斯哼了一声。接着她温柔地看着莎拉问:"怎么了吗?孩子?"

"没事,我考虑该结婚了,伊迪斯。"

"不用急着嫁吧,等真命天子出现再说。"

"我觉得嫁谁都一样,反正最后都会变调。"

"别乱说话,莎拉小姐!你究竟是怎么啦?"

---

[1] 保罗·罗伯逊(Paul Robeson,1898—1976),美国灵歌歌手。
[2] 原文为 Sometimes I feel like a motherless child,或作 Motherless child。

莎拉大刺刺地说:"我想离开这里。"

"我倒想知道,家里有什么不好?"伊迪斯逼问。

"不知道,一切似乎都变了,它为什么会变成这样呢,伊迪斯?"

伊迪斯柔声说:"因为你长大了,懂吗?"

"是这样吗?"

"应该是。"

伊迪斯用托盘端着杯子走向门口,然后突然放下盘子走回来,拍拍莎拉的黑发,一如多年前拍着还是小宝宝的她。

"乖,我的漂亮宝贝,乖哦。"

莎拉心情一变,跳起来抱住伊迪斯的腰,开始疯狂地带着她跳华尔兹。

"我要结婚了,伊迪斯,很有趣吧?我要嫁给斯蒂恩先生了,他很有钱,又魅力十足,我运气是不是很棒?"

伊迪斯嘀咕着抽身说:"一下喊冷一下喊热,你是怎么了,莎拉小姐?"

"我有点疯疯癫癫的,你一定要来参加婚礼唷,伊迪斯,我会帮你买件漂亮的新礼服——深红色天鹅绒的,如果你喜欢的话。"

"你把婚礼当加冕礼啊?"

莎拉将托盘塞到伊迪斯手上,将她推向门口。

"去吧,老太婆,别再嘟囔了。"

伊迪斯不解地摇头走开。

莎拉慢慢踱回客厅,猛然跌坐在大椅上,痛哭起来。

唱片已近尾声,低沉的男音悠悠唱着……

有时我觉得像个没有母亲的孩子……离家遥远……

第三部

第一章

伊迪斯在厨房中僵硬地缓缓走动，最近她所谓的"风湿"愈来愈严重了，令她脾气大坏，但伊迪斯依然固执地拒绝将家事交派出去。

有位被伊迪斯嗤之为"那个霍珀太太"的女人，每周会过来一次，在伊迪斯嫉妒的眼神下打点部分家事，但提到要多请人，伊迪斯便极力反对，不许任何清洁妇来帮忙。

"我一向都做得来，不是吗？"成了伊迪斯的口头禅。

于是伊迪斯继续以殉难的架势，以及愈来愈臭的老脸继续工作，还养成了整天低声发牢骚的习惯。

她现在就正在发牢骚。

"中午送牛奶来——搞什么鬼！牛奶应该在早餐前送到

才对，年轻人真的够厚脸皮的，穿着白外套还一边吹口哨就来了……以为自己谁呀？看起来简直就像乳臭未干的牙医……"

前门传来钥匙声，伊迪斯停止叨念。

她对自己喃喃道："又有得忙了！"说完快速在水龙头下冲净一只碗。

安喊道："伊迪斯。"

伊迪斯从水槽边移开双手，小心翼翼地用毛巾擦干。

"伊迪斯……伊迪斯……"

"来了，夫人。"

"伊迪斯！"

伊迪斯扬起眉，垂下嘴角，走出厨房来到客厅边的走廊，安·普伦蒂斯正在翻看信件账单，转头看着刚进来的伊迪斯。

"你打电话给劳拉女爵了吗？"

"打了，当然打了。"

安说："你跟她说过情况紧急——我必须见她吗？她说过要来吗？"

"她说马上过来。"

"她为何还没到？"安生气地质问。

"我二十分钟前才打的电话，你刚出门我就拨了。"

"感觉像一个小时了，她为何还不来？"

伊迪斯柔声安抚。

"总要给点时间吧,发脾气也无济于事。"

"你跟她说我生病了吗?"

"我说你身体不适。"

安骂道:"什么叫身体不适?我都快崩溃了。"

"没错,你是快崩溃了。"

安愤愤地瞪了老忠仆一眼,焦躁地走到窗边,然后又走回壁炉架旁。伊迪斯站在那儿看着,一对关节粗大、出奇操劳的大手,在围裙上来回擦动。

"我一分钟都静不下来,"安抱怨,"昨晚我一夜没合眼,心情烂透……烂透了……"她坐在椅子上,用两手按住太阳穴。"我不知道自己是怎么了。"

"我知道。"伊迪斯说,"你玩得太凶了,不适合你的年纪。"

"伊迪斯!"安吼道,"你真的很离谱,最近愈来愈夸张了。你跟了我这么久,我很感谢你,可是你若再这么没规矩,就得离开了。"

伊迪斯抬眼看着天花板,露出殉道的壮烈表情。

她说:"我才不走,就这么简单。"

"我若要你走,你就得走。"安说。

"你若那样做,就太蠢了,我很快就能在别处找到工作。那些女佣中介公司会追着我跑。没有我你怎么办?只能找到日工而已!要不就是找个外佣,菜煮得油兮兮的,倒人胃口,更别说公寓里的气味了。"

"还有，外佣也不会接电话，一定会每个名字都听错。或者你会找到一个体面又嘴甜的女人，好到不像真的，然后哪天你回到家，便发现她偷了你的皮草和珠宝跑了。前几天才听说对面的潘恩公寓发生了这种事。行不通的，你是那种凡事都得按规矩——按旧规矩做的人。我帮你煮可口的菜，清扫时不像粗手粗脚的年轻女孩会打破你那些精美的物件，更重要的是，我知道你要什么。你没有我不行，这点我很清楚，我绝不会走。你虽然难搞，但《圣经》说，每个人都有他要背负的十字架，你就是我的十字架，我可是很虔诚的基督徒。"

安闭上眼睛，前后摆动地呻吟道："唉，我的头……我的头……"

伊迪斯的严酷稍缓，眼中露出慈色。

"好啦，我去帮你泡杯好茶。"

安闹脾气说："我不要什么好茶，我讨厌茶。"

伊迪斯叹口气，再次抬眼看着天花板。

"随你便。"说完伊迪斯就离开了。

安伸手拿起烟盒，抽出一根烟点上，抽了一会儿，在烟灰缸中捻熄，起身开始来回踱步。

大约过了一分钟后，她走到电话旁拨号。

"哈啰……哈啰……请问兰丝寇女士在吗？……噢，是你呀，马西娅？"她开始装腔作势地笑着问，"你好吗？……噢，其实也没什么事，只是想打个电话给你……不知道呀，亲爱的……就是心情不好……有时就是会这样。你明天中午有事吗？……噢，是这样呀……星期四晚上呢？……有，我有空，太好了，我会去联络李或别人，大家聚一聚，太好了……我星期四早上再打电话给你。"

她挂掉电话，刚才的兴高采烈随即消失了，安再次踱起步子。接着她听到门铃响，便定定站立着等待。

只听见伊迪斯说道："她在客厅等您。"

接着劳拉·惠兹特堡走进来。她高大、冷峻、令人望而生畏，却散发坚毅的沉稳，犹如屹立于波涛中的岩石。

安奔向她，大声而歇斯底里地喊道："噢，劳拉——劳拉——真高兴你来了……"

劳拉女爵挑着眉，眼神坚定而机警，她搭住安的肩，轻轻带她坐到沙发上，自己在安身边坐下。

"怎么回事？"

安依然十分激动。

"噢，我真高兴能见到你，我还以为自己快疯了。"

"胡说。"劳拉女爵直截了当地斥道，"遇到什么问题了吗？"

"没什么，真的没事，我只是很紧张而已，所以才这么害怕，我无法安安静静地坐着，真不知自己究竟怎么了。"

"嗯……"劳拉以专业的眼光打量她，"你的气色不太好。"

安的模样令她十分吃惊。她虽化了浓妆，脸色实则非常憔悴，较数月前劳拉最后一次见到她时老了好几岁。

安焦急地说："我很好，只是……我也不知道是什么原因，若不服药，便无法入睡，而且脾气非常烦躁。"

"看过医生了吗？"

"最近没有，他们只会开溴化物给你，叫你别做太多事。"

"很好的建议。"

"是的，但奇怪的是，我以前不会神经质，劳拉，你知道我不是，我的神经一向很大条。"

劳拉·惠兹特堡沉默片刻，想起三年前的安·普伦蒂斯，她的娴静端庄、生活步调，与温婉柔和的脾气。劳拉为这位朋友深感痛心。

她说："就算从来不是神经质的女人也一样。断了腿的人，以前也没有那种经验！"

"可是我干嘛神经紧张？"

劳拉的回答很小心。

她淡淡地说："你的医生说得对，也许你的活动太多了。"

安当即驳道："我无法整天坐在家里闷着。"

"坐在家里未必就会被闷着。"劳拉女爵说。

"不行。"安烦乱地绞着手，"我——我没办法坐着什么都不做。"

"为什么不行？"劳拉像是在刺探。

"我不知道。"安的烦乱更甚。"我不能独处，我没办法……"她绝望地看向劳拉，"如果我说，我害怕独处，你大概会认为我疯了。"

"这是你至今所说过的最理智的话。"劳拉女爵立即表示。

"理智？"安吓了一跳。

"没错，因为那是事实。"

"事实？"安垂下眼帘，"我不懂你是什么意思。"

"我的意思是，不认清事实，就什么都做不了。"

"噢，可是你无法了解的，你从不害怕独处，不是吗？"

"是的。"

"那你就没办法懂了。"

"噢，我能懂的。"劳拉轻声说，"你为什么找我，亲爱的？"

"我得找个人说话……我必须……我觉得或许你能想点办法？"

她殷切地看着坐在身边的朋友。

劳拉点点头，叹口气。

"我懂了，你希望有魔法。"

"你不能为我变个魔法吗，劳拉？心理分析、催眠或之类的？"

"现代版的天灵灵地灵灵吗？"劳拉坚决地摇头说，"我无法帮你从帽子里变出兔子，你得自己去变。首先你得先厘清帽子里有什么东西。"

"什么意思?"

劳拉·惠兹特堡顿了一分钟后才说:"你不快乐,安。"

那是断言,不是问句。

安迫不及待地连忙答道:"噢,不会啊,我很……至少我在某方面很快乐,日子过得很开心。"

"你不快乐。"劳拉女爵直率地表示。

安耸耸肩。

"有谁是快乐的吗?"她说。

"很多人都很快乐,感谢老天。"劳拉女爵笑道,"你为什么不快乐,安?"

"不知道。"

"只有事实能帮助你,安,其实你很清楚答案。"

安沉默一会儿,然后鼓起勇气说:"我想——老实说——因为我年华渐逝,已届中年,美貌不再了,对未来亦无奢望。"

"噢,亲爱的,'对未来亦无奢望'?你有健康的体魄,清晰的头脑……人生有许多事得过了中年才能真正享有。我以前跟你提过一次,那是由书籍、花卉、音乐、绘画、人、阳光……由所有这些交织而成的生活。"

安静默无语,然后毅然说道:"我觉得归根结底,全都与性有关,女人若不再吸引男人,其他一切又有何用。"

"对某些女人而言或许是,但对你不然,安。你看过

《不朽的时刻》①或读过相关资料吧？记得那几句话吗？'有什么时刻，在觅得后，能让人享有终生的快乐？'你曾经几乎找到，不是吗？"

安脸色一柔，突然显得年轻许多。

她喃喃道："是的，有段时间，我本可在理查德身上找到，我本可幸福地与他携手偕老。"

劳拉深表同情地说："我知道。"

接着安说："如今，我甚至不后悔失去他！你知道吗，我又见到他了——就在一年前——他对我变得毫不重要了。那真是可悲而荒谬，感觉荡然无存，我们对彼此再无任何意义。他只是个庸俗的中年人——有点自大，非常无趣，整颗心挂在他那胸大无脑、俗气无比的嫩妻身上；其实也蛮好的，但真的很无趣。然而……然而，假若我们结了婚……在一起应该会很快乐，我知道我们会很幸福。"

"是的。"劳拉语重心长地说，"我想是的。"

"幸福近在咫尺……唾手可得。"安因自怜而声音发颤，"但我却必须全部放弃。"

"是吗？"

安不理会她的问题。

"我全部放弃……就为了莎拉！"

---

① 不朽的时刻（*Immortal Hour*），由威廉·夏普及拉特兰·鲍顿合创的英文歌剧。

"没错,"劳拉女爵说,"而你就再也没原谅过她了,是吗?"

安吓了一跳,回神说道:"你这话什么意思?"

劳拉·惠兹特堡很不客气地哼了一声。

"牺牲!去他的牺牲!安,你仔细想想,牺牲的意义是什么?那不会只是一时的豪情、勇敢地奉献自己而已。将胸口挺向尖刀并不难——因为在最壮烈的刹那,一切事情便结束了。但大部分的牺牲都有后续——得日复一日地承受——那就不容易了,需宽怀包容才行,安,你肚量太小……"

安愤怒地涨红了脸。

"劳拉!我为了莎拉放弃自己的一生,抛开了获得幸福的机会,你竟然还数落我做得不够、肚量太小!"

"我没那么说。"

"我猜,一切都是我的错!"安仍愤恨难消。

劳拉女爵诚恳地说:"人生大半的问题,都肇始于自识不清,高估了自己。"

安哪里听得进去,只是一股脑为自己辩解。

"莎拉跟所有现在的女孩一样,一心只想到自己,从不顾虑别人!你知道一年前理查德打电话来,她连理查德是谁都不记得了吗?他的名字对她毫无意义——一点意义都没有。"

"我懂,"她说,"我了解……"

安继续说道:"我能怎么办?他们两人一见面就吵,我都快疯了！我若嫁给他，绝不会有片刻安宁。"

劳拉·惠兹特堡出其不意地刺道："安，我若是你，我会先厘清自己是为莎拉放弃理查德，还是为了求得自己的安宁。"

安愤恨地看着她。

"我爱理查德，"她说，"但我更爱莎拉……"

"不对，安，事情没那么简单。我相信有段时间你爱理查德更胜莎拉，你的不快乐与抗拒就是从那一刻开始的。假如你因为比较爱莎拉才放弃理查德，你今天就不会是这个样子了。不过你若因为怯懦、因为莎拉欺负你、因为你想逃避争执，而与理查德分手，那就是斗败，而非放弃。人绝不喜欢承认自己败战，但你当时确实深爱着理查德。"

安恨恨地说："现在他对我一点意义都没了！"

"那莎拉呢？"

"莎拉？"

"是的，莎拉对你的意义是什么？"

安耸耸肩。

"她结婚后我就很少见到她了，她应该非常忙碌愉快吧。不过我真的很少见到她。"

"我昨晚见到她了……"劳拉顿了一下后说，"她在餐厅里，跟着一群人。"她再次停顿，然后突然说："她那时喝醉了。"

"喝醉了？"安似乎很诧异，接着放声大笑，"亲爱的劳拉,你也太古板了,现在的年轻人每个都很能喝,派对上若不人人喝个半醉,那就不叫派对了。"

劳拉不为所动。

"或许没错——我承认我这个老古板不喜欢看见认识的年轻小姐在公开场合喝醉酒,但事情没那么单纯,安,我跟莎拉说话时,她的瞳孔是放大的。"

"什么意思?"

"她可能在嗑可卡因。"

"毒品?"

"没错。我跟你说过,我怀疑劳伦斯·斯蒂恩涉毒,他不是为了钱——纯粹是追求刺激。"

"他看起来很正常呀。"

"毒品伤不了他的,我知道那种人,他们会探索各种刺激,但不至养成毒瘾,女人就不同了,女人若是不快乐,便会嗑上瘾——而且无法自拔。"

"不快乐?"安不可置信地问,"莎拉吗?"

劳拉·惠兹特堡紧盯着安冷冷地说:"你应该知道,你是她母亲。"

"噢!莎拉根本不跟我说心里话。"

"为什么?"

安站起来走到窗边,再缓缓踱回壁炉旁。劳拉女爵定定坐着看她,安点了根烟,劳拉低声问:"莎拉不快乐,对你究竟有何意义,安?"

"这还用问？我当然很难过……非常难过。"

"是吗？"劳拉起身表示,"我得走了,十分钟后有个会要开,还赶得上。"

她朝门口走去,安跟随在后。

"你干嘛反问我'是吗'呢,劳拉?"

"我的手套呢……我放到哪里了?"

前门铃声响,伊迪斯从厨房出来应门。

安追问:"你是别有所指吗?"

"啊,在这儿。"

"真的,劳拉,我觉得你对我很坏——非常的坏!"

伊迪斯走进来,几乎带着笑意地宣布说:"夫人,久违不见的劳埃德先生来了。"

安瞪着杰拉尔德·劳埃德半晌,仿佛认不出他。

她已三年多没见到杰拉尔德了,杰拉尔德看起来老了不止三岁,浑身透着沧桑,脸上是一事无成的倦容。他穿了件粗糙的斜纹软呢西服,一看就是二手货,鞋子也破烂不堪。杰拉尔德显然混得很差,连笑容都相当勉强,整个人说不出的严肃紧张。

"杰拉尔德,什么风把你吹来了!"

"你还记得我真好,三年半很久哪。"

"我也记得你,年轻人,但我想你大概不记得我了。"劳拉女爵说。

"噢,我当然记得,劳拉女爵,没有人会忘记您。"

"说得好,我真的得走了,再见,安。再见,劳埃德先生。"

劳拉走出门,接着杰拉尔德跟着安来到壁炉边,杰拉尔德坐下来,接过安递上的烟。

安轻快地说:"杰拉尔德,说说你的状况吧,你都做了什么,要在英国待很久吗?"

"我不确定。"

他两眼平直坚定地注视着她,令安有些不安,不知道他心里在筹计什么,这眼神与她记忆中的杰拉尔德很不一样。

"喝杯酒吧,你想喝什么?琴酒加橙汁……或粉红琴酒还是什么?"

"不了,谢谢,我不想喝,我来……只是想跟你谈一谈。"

"你真客气,见过莎拉了吗?她结婚了,嫁给一个叫劳伦斯·斯蒂恩的男人。"

"我知道,她写信告诉我了,我昨晚见过莎拉了,所以才会跑来找你。"他沉默一会儿后说:"普伦蒂斯太太,你为什么让她嫁给那个男人?"

安吃了一惊。

"杰拉尔德,亲爱的……这什么话!"

安的话并未让他打退堂鼓,杰拉尔德正色简洁地说:"她并不快乐,你知道吧?她不快乐。"

"她跟你说的吗?"

"没有,当然没有,莎拉不会做那种事。她无须告诉我,我一眼就看出来了。她跟一群人在一起……我仅跟她说上几句话而已,但那非常明显。普伦蒂斯太太,你为什么容许这种事发生?"

安不禁怒由心生。

"亲爱的杰拉尔德,你会不会太唐突了点?"

"不,我不这么认为。"他想了一会儿,接着诚恳坦切地说:"莎拉对我来说向来非常重要、胜过世间一切,因此我当然会在意她是否幸福。你知道吗,你真的不该让她嫁给斯蒂恩。"

安愤慨地打断他。

"杰拉尔德,你说话怎么像维多利亚时期的人?我没有'让'或'不让'莎拉嫁给劳伦斯·斯蒂恩,女儿想选择嫁谁就嫁谁,做父母的哪里有插手的余地?莎拉选择嫁给劳伦斯·斯蒂恩,就这样而已。"

杰拉尔德平静笃定地说:"你应该阻止她的。"

"亲爱的孩子,你若试图阻止别人想做的事,只会让他们变得更固执而已。"

他抬眼看着安的脸。

"你试过阻止她吗?"

不知怎的,那询问的真诚眼神,令安慌乱而支吾起来。

"我……我……当然啦,斯蒂恩的确比莎拉大很多……而且名声也不太好,我是跟她点出来过,可是……"

"他是最垃圾的人渣。"

"你不可能完全了解他呀,杰拉尔德,你离开英国那么多年了。"

"那是众所皆知的事,你一定不知道所有丑恶的细节……但说真的,普伦蒂斯太太,你应该觉察到他是畜生吧?"

"我一向觉得他很迷人可爱。"安辩道,"过去是浪子,日后未必不会是好丈夫,别人的闲话不能尽信,莎拉很喜欢他……事实上,她一心想嫁他,他非常富有……"

杰拉尔德打断她。

"没错,他是非常富有,但普伦蒂斯太太,你从来不是那种巴望女儿嫁入豪门的势利女人,你会希望莎拉快乐……至少我以前这么认为。"

他困惑而好奇地看着她。

"我当然希望自己的独生女幸福,这还用说吗?但问题是,你不能去干涉。"她强调说,"也许你认为某人的作为都是错的,但你还是不能干预。"

她挑衅地看着他。

杰拉尔德望着安,仍无法信服。

"莎拉真的那么想嫁他吗?"

"她很爱他。"安辩解道。

看到杰拉尔德没说话,她又接着说:"或许你不太看得出来,但劳伦斯对女人的魅力极大。"

"噢,我知道,我很了解。"

安打起精神。

"你知道吗,杰拉尔德,你实在很不讲理,"她说道,"只因为你和莎拉有过一段青涩的恋情,你就跑来这里指责我——好像莎拉嫁给别人全都是我的错……"

杰拉尔德打断她。

"我认为那的确是你的错。"

两人互瞪,杰拉尔德涨红了脸,安则面色发白,气氛僵到濒临争吵。

安站起来冷冷地说:"太过分了。"

杰拉尔德也站起来,他十分安静客气,但安知道他的守礼少言中蕴含着刚毅。

"对不起,恕我如此冒昧。"他说。

"简直无可原谅!"

"或许吧,但请你谅解,我非常关心莎拉,她是我唯一关切的对象,我认为你将她推入一场不幸的婚姻里。"

"够了!"

"我要带她走。"

"什么?"

"我要去劝她离开那畜生。"

"简直胡说八道,只因为你们年纪还小时有过一段情……"

"我了解莎拉——她也了解我。"

安爆出一阵狂笑。

"亲爱的杰拉尔德,你会发现,你以前所认识的莎拉,已经变很多了。"

杰拉尔德脸色惨白。

"我知道她变了,"他低声说,"我看到了……"

他迟疑了一会儿,然后沉静地表示:"很抱歉令你觉得受了冒犯,普伦蒂斯太太,但对我来说,莎拉才是最重要的。"

他离开了。

安走到吧台旁,为自己倒了杯琴酒,边喝边喃喃说:"那小子凭什么?竟敢……还有劳拉,她也来跟我唱反调,他们全都跟我唱反调,这实在太不公平了……我究竟做了什么?什么也没有嘛……"

第二章

庞斯福广场十八号的管家应门时，倨傲地扫了杰拉尔德身上的廉价西服一眼。接着他看到拜访者的眼神，态度才略为收敛。

管家表示会去察看斯蒂恩太太是否在家。

不久，杰拉尔德被带入一个阴暗的大客厅，里头摆满异国花卉与淡色的锦缎，几分钟后，莎拉笑脸迎人地来了。

"哎呀，杰拉尔德！你能来看我真好，那晚我们没什么机会聊天。要喝东西吗？"

她帮他弄了杯酒，自己也倒一杯，然后坐到火炉边的厚圆椅垫上。客厅光线昏暗，几乎看不到她的脸。莎拉身上飘着昂贵的香水味，他不记得她以前用过。

"还好吗,杰拉尔德?"她开心地问道。

杰拉尔德报以微笑。

"你呢,莎拉?"他用一根指头触着她的肩头说,"你把动物园戴到身上啦?"

莎拉穿着镶了软毛边的华贵薄绸。

"很舒服呢!"莎拉告诉他说。

"是的,你看起来非常雍容华贵!"

"噢,是啊。杰拉尔德,说说你的事吧,你离开南非去肯尼亚后,我就没听到你任何音讯了。"

"我运气一直很差……"

"当然……"

杰拉尔德当即反问:"什么叫'当然'?"

"你一向都很倒霉,不是吗?"

那一瞬间,她又是以前那个言词犀利、说话不饶人的莎拉了,原本表情生硬,充满异国风情的陌生美女消失了,他的莎拉又回来伶牙俐齿地损他了。

他也故态复萌地嘟囔着。

"接二连三的倒霉事,先是收成没了……不能怪我,接着牛只生病……"

"我知道,很久很久以前的惨事。"

"后来我当然就没钱了,如果我有资金的话……"

"我知道,我知道。"

"去他的,莎拉,真的不能全怪我。"

"从来也不是你的错。你跑回英国做什么？"

"老实说，我婶婶去世了……"

"莲娜婶婶吗？"莎拉熟识杰拉尔德所有的亲戚。

"是的，卢克叔叔两年前过世了，老头子一毛钱也没留给我……"

"卢克叔叔真聪明。"

"但莲娜婶婶……"

"莲娜婶婶留给你一些钱了吗？"

"是的，一万英镑。"

"嗯。"莎拉想了想，"不坏嘛——即使以现在来看也算蛮多的。"

"我要跟一位在加拿大经营牧场的朋友合资。"

"什么样的朋友？重点就在这儿，你离开南非后，不是要跟另一位朋友合开车行吗？"

"噢，车行后来收掉了。一开始我们做得很好，但扩充后生意便一落千丈……"

"你不必告诉我，这模式我太熟悉了！你的模式。"

"是的，"杰拉尔德说，"你说的都对，我真的很没用，我还是认为我运气太背——但我自己也笨了点。不过这次不一样了。"

莎拉挖苦道："才怪。"

"别这样，莎拉，你不认为我已学到教训了吗？"

"我不这么想，"莎拉说，"人从来都学不会教训，只是不断重蹈覆辙。杰拉尔德,你需要一位管理人——就像电影明星和演员的经纪人。需要一个务实、当你在时机不对却过于乐观时,点醒你的人。"

"你说得很有道理,可是莎拉,说真的,这次我一定能成功,我会非常非常小心。"

一阵沉默后,杰拉尔德又开口了。

"昨天我跑去见你母亲了。"

"是吗?你真好。我妈还好吧?跟平常一样到处忙吗?"

杰拉尔德缓缓说道:"你妈变了好多。"

"你这么觉得?"

"是啊。"

"你觉得她哪里变了?"

"不知从何说起,"他迟疑道,"她非常神经质。"

莎拉轻声应道:"这年头谁不紧张?"

"以前她不会那样,她总是非常平静而……而……嗯,温柔……"

"听起来像圣歌里的歌词!"

"你明知道我的意思……她真的变好多,她的发型、衣着……所有一切。"

"她只是变得有点爱玩罢了,那也没什么不好。可怜的老妈一定很害怕自己变老,可是人早晚都会变的。"

莎拉停了一分钟,然后有些挑衅地说,"我想我也变了……"

"并没有。"

莎拉脸一红,杰拉尔德故意逗她。

"除了你身上多了些动物园,"他又触着淡白色的昂贵皮草,"还有这些花里胡哨的东西,"他摸着她肩上的钻饰,"以及这间豪宅……基本上你还是以前的莎拉……"他顿一下后说:"我的莎拉。"

莎拉不安地挪动身子,用轻快的声音说:"你也还是老样子。什么时候去加拿大?"

"快了,等律师那边的事办完就走。"

他起身说:"我得走了,哪天跟我一起出门吧,莎拉?"

"不行,你过来跟我们一起在家里吃饭,或者我们办场派对,你一定得见见劳伦斯。"

"我那晚才见过他,不是吗?"

"只见到一下子而已。"

"我恐怕没空参加派对了。哪天早上陪我散个步吧,莎拉。"

"亲爱的,我早上真的起不来,精神特差。"

"早晨思路清晰,最适合思考了。"

"这年头谁还思考?"

"我想我们会的。来嘛,莎拉,在摄政公园绕两圈就好,明早我在汉诺威门跟你碰面。"

"你这是什么鬼点子,杰拉尔德!还有,你的西装丑爆了。"

"很实用。"

"是啦,可是这剪裁实在是……"

"不要你管。明天上午十二点,汉诺威门。还有今晚别喝太多,免得明早宿醉。"

"你的意思是说我昨晚喝太多吗?"

"你的确是啊,没有吗?"

"派对烂透了,不喝酒要干嘛?"

杰拉尔德重申道:"明天,汉诺威门,十二点。"

❖

"我来了。"莎拉挑战地说。

杰拉尔德上下打量她,莎拉美艳无方——比少女时期漂亮多了。他发现莎拉穿着素雅的高级服装,指上戴了一大颗圆形的祖母绿。杰拉尔德心想:"我真的疯了。"但他并未因此退却。

"走吧,"他说,"散步去。"

他配合着她的步调,两人神采奕奕地绕湖而行,然后穿越玫瑰园,最后终于止步,坐到公园的双人椅上,此处甚为寒凉,因此游人稀疏。

杰拉尔德深吸口气。

"好了,"他说,"咱们来谈正事吧,莎拉,你愿不愿意跟我去加拿大?"

莎拉不可置信地瞪着他。

"你是什么意思?"

"就是我刚才说的意思。"

"你是说……去旅游吗?"莎拉不解地问。

杰拉尔德咧嘴一笑。

"我是指搬去定居,扔下你丈夫跟我走。"

莎拉狂笑。

"杰拉尔德,你疯了吗?我们几乎有四年没见了,结果……"

"那重要吗?"

"不重要,"莎拉被问得措手不及,"我想那并不重要。"

"四年、五年、十年、二十年,我想都不会有差别,你和我彼此相属,我一向知道,我还感觉得到,你也感受得到吗?"

"是的,可以这么说。"莎拉坦承,"但你刚才的提议还是太离谱了。"

"我不觉得哪里离谱,假若你嫁给正人君子,且幸福美满,我根本不敢有非分之想。"他沉声说,"但是你并不快乐,是吗,莎拉?"

"我跟大部分人一样快乐。"莎拉倔强地说。

"我觉得你非常不快乐。"

"就算是,也是我自己造成的,人做错事,就得自己承担。"

"劳伦斯·斯蒂恩就不会承担自己的错,不是吗?"

"你这话太刻薄了!"

"不,那是事实。"

"反正你的建议实在太、太疯狂了,杰拉尔德。"

"因为我不是待在你身边纠缠,慢慢引你上钩吗?没必要那么做,我说过,你和我彼此相属,你很清楚这点,莎拉。"

莎拉叹着气。

"我承认我曾经非常喜欢你。"

"不仅喜欢而已吧,我的女孩。"

她转头看他,卸去原有的伪装。

"是吗?你确定?"

"非常确定。"

两人相对无语,接着杰拉尔德柔声问:"你愿意跟我去吗,莎拉?"

莎拉叹口气,坐直将身上的皮草裹得更紧,树林里扬起一阵寒风。

"对不起,杰拉尔德,答案是不行。"

"为什么?"

"我办不到——就这样。"

"每天都有人离开她们的丈夫。"

"我不是这种人。"

"你的意思是,你爱劳伦斯·斯蒂恩?"

莎拉摇摇头。

"不,我不爱他,我从没爱过他,但他能引起我的好奇心。他……他很懂女人。"莎拉厌恶地打了个寒战,"很少有人能真的那么……那么坏,但若真的有,劳伦斯便是了,因为他做的事都很冷血——而且他并不是被逼着去做的,他就是爱拿人跟事做实验。"

"你有什么离不开他的顾忌吗?"

莎拉沉默了一会儿,然后沉声说:"不算是顾忌。"

她索性豁出去,"噢,我干嘛老是找借口,真恶心!好吧,杰拉尔德,你最好看清我的真面目。我跟了劳伦斯后,已习惯于……某些东西,我并不想放弃这些衣服、皮草、金钱、高级餐厅、派对、女仆、车子、游艇等逸乐奢华的事物。我奢华惯了,你想要我陪你到偏僻遥远的农场过清贫的日子,我办不到……也不想。我变得软弱了!被金钱与奢靡腐蚀了。"

杰拉尔德不动声色地说:"那么你的确该远离这一切了。"

"噢,杰拉尔德!"莎拉不知该笑还是该哭,"你也太理直气壮了吧。"

"我有理直气壮的道理。"

"是的,但你根本一点都不了解。"

"是吗?"

"不仅是只有钱的问题……还有别的事。噢,你还不懂吗?我已变成可怕堕落的人了,我们参加的派对……去过的地方……"

她顿了一下，脸渐渐涨红。

"好吧，"杰拉尔德冷静地说，"你很堕落颓废，还有别的吗？"

"有的，我习惯了……一些东西……一些我不能没有的东西。"

"东西？"他托起莎拉的下巴，将她转向自己，"我听说过一些传言，你是指……毒品？"

莎拉点点头。

"毒品会让人陷于狂喜。"

"听我说，"杰拉尔德激动、坚决地说，"你非跟我走不可，而且得戒掉这所有的鬼东西。"

"万一我办不到呢？"

"我会盯着你办到。"杰拉尔德严肃地说。

莎拉双肩一颓，叹口气倚向杰拉尔德，但杰拉尔德抽身避开。

"不行，"他说，"我不会吻你的。"

"我懂了，我得做决定——破釜沉舟是吧？"

"是的。"

"你真是个怪人！"

两人默默坐了一会儿，然后杰拉尔德鼓足勇气说："我很清楚自己什么都不是，我一事无成，你对我没什么信心，但我相信，我真的相信，假若有你在身边，我就能表现得更好。你这么精明干练，莎拉，又知道如何在一个人变得懒散时鞭策他前进。"

"听起来我还算不错嘛！"莎拉说。

杰拉尔德顽固地坚持说："我知道自己可以有番作为，虽然你会过得很辛苦，环境艰苦又操劳——是的，会很艰辛。我不知道自己怎会有脸劝你同行，但我们的生活会非常实在，莎拉……能脚踏实地地生活……"

"脚踏实地地生活……"莎拉对自己重复这几个字。

她起身准备离去，杰拉尔德跟到她身边。

"你会来吧，莎拉？"

"不知道。"

"莎拉……亲爱的……"

"不，杰拉尔德……别再说了，该说的你都已经说了，现在就看我了，我得好好想一想，我会让你知道……"

"什么时候？"

"不会太久的……"

第三章

"哇,太惊喜了!"

伊迪斯帮莎拉打开公寓门,用脸上的皱纹挤出一朵笑。

"哈啰,伊迪斯,亲爱的。妈妈在吗?"

"应该就快回来了,真高兴你来了,能让她心情好些。"

"有那个必要吗?她不是一向心情都很好?"

"你妈很不对劲,害我担心死了。"伊迪斯跟着莎拉走进客厅,"她连两分钟都静不下来,说她一句就被骂翻了。我看她八成病了。"

"噢,别发牢骚了,伊迪斯,在你看来,每个人都离死期不远。"

"我就不会那么说你,莎拉小姐,你看起来美极了,哎唷！毛皮大衣怎么又乱丢地上了，这衣服很美哪，一定很贵吧。"

"的确很贵。"

"比任何太太穿的都美，你真的有很多漂亮东西，莎拉小姐。"

"是呀，你若要出卖灵魂，要价总得喊高一点吧。"

"怎么那样说话，"伊迪斯不认同地说，"莎拉小姐，你最糟的一点，就是情绪时阴时晴。我还记得很清楚，就像昨天发生的一样，你就在这个客厅里跟我说想嫁给斯蒂恩先生，然后带着我疯狂地乱舞，嚷着：'我要结婚了……我要结婚了。'"

莎拉当即表示："别说了！别再说了，伊迪斯，我受不了。"

伊迪斯脸色立即一凛，不再多言。

"好了好了，亲爱的，"她安慰道，"大家都说，前两年是最糟的，若能熬过去，就天下太平了。"

"这种婚姻观并不怎么正面。"

伊迪斯责备道："婚姻本来就不好玩，但这世界没有婚姻也不成，请恕我直言，你该不会有第三者吧？"

"没有，才没有，伊迪斯。"

"对不起，我相信一定没有，不过你似乎有点烦躁，所以我才乱猜。有时结了婚的少妇会有很奇怪的行为，我姐姐怀孕时，有天到杂货店，突然觉得非吃到箱子里的甜美大梨不可，便一把抓起梨啃咬起来。'喂，你在做什么？'年轻店员问，但有家室的杂货店老板比较能谅解，便说：'没关系，孩子，我来处理这位太太的事。'结果老板也没骂她。那老板实在很有同理心，他自己有十三个孩子哩。"

"生十三个孩子？太不幸了。"莎拉说，"你们家人感情真好，伊迪斯，我从小就一直听到他们的事。"

"哦，是的，我跟你说过很多他们的事，你小时候好严肃，什么事都要管。我想起一件事来，你那位年轻朋友劳埃德先生，前几天跑到这儿来，你见到他了吗？"

"嗯，见过了。"

"看起来老好多——但皮肤晒得很漂亮，在国外才晒得出来。他混得还好吗？"

"不太好。"

"啊，太可惜了，他雄心不够——问题就出在那儿。"

"我想是吧。你想妈妈会很快回来吗？"

"噢，是的，莎拉小姐，她要出去吃晚饭，所以得先回来换装。我觉得她晚上应该少出门，多安静地待在家里，她实在太忙了。"

"我看她很喜欢。"

"忙得跟无头苍蝇一样，"伊迪斯轻哼一声，"根本不适合她，她是个娴静的女人。"

莎拉火速转头，仿佛伊迪斯的话令她想起什么，她沉思地重述。

"娴静的女人。是的,妈妈以前很安静,杰拉尔德也这么说。没想到她过去三年完全变了个人,你觉得她改变很多吗,伊迪斯?"

"有时我觉得她根本不是同一个人。"

"她以前很不同……以前很不……"莎拉顿住,沉心思索,接着又说:"伊迪斯,你觉得做母亲的一定会爱孩子吗?"

"当然啦,莎拉小姐,母亲若不爱孩子,就太不自然了。"

"但是等孩子长大到外面闯荡,还继续关爱孩子,这样算自然吗?动物就不会。"

伊迪斯反感地驳道:"跟动物比!我们是基督徒啊,莎拉小姐,别再胡说了。记得人家说:儿子只在娶妻前是儿子,但女儿一辈子都是女儿。"

莎拉哈哈大笑。

"我就认识一堆恨女儿如毒蝎的母亲,以及对母亲而言毫无用处的女儿。"

"莎拉小姐,我只能说,我觉得那样很不好。"

"可是那样却更健康,伊迪斯……至少心理学家是这么说的。"

"他们真是坏心眼。"

莎拉若有所思地说:"我一向好爱母亲——爱她这个人——而不是母亲的角色。"

"你妈妈也很爱你,莎拉小姐。"

莎拉静默未答，一会儿后踌躇地说："是吗……"

伊迪斯抽抽鼻子。

"你若知道你十四岁得肺炎时，她焦急的模样……"

"噢，是的，那是当时，但现在……"

两人都听到锁匙声，伊迪斯说道："她回来了。"

安气喘吁吁地走进来，摘掉插着五色羽毛的漂亮小帽。

"莎拉？你来啦？天啊，这个帽子戴得我痛死了。现在几点了？我真的迟了，我八点跟莱兹博利在加里亚诺有约，陪我到我房间里，我得换衣服。"

莎拉顺从地跟着安穿过走廊，进入卧室。

"劳伦斯还好吗？"安问。

"好得很。"

"很好，我好久没见到他了——还有你。我们哪天该聚一聚。加冕戏院新上演的滑稽剧好像挺不错的……"

"妈，我想跟你谈一谈。"

"什么事，亲爱的？"

"你能不能别再化妆，好好听我说话？"

安面露诧异。

"天啊，莎拉，你是哪根筋不对劲了？"

"我想跟你谈谈，这事很严肃，是……杰拉尔德的事。"

"噢。"安双手一垂，凝思道，"杰拉尔德啊？"

莎拉直截了当地说："他希望我离开劳伦斯，跟他去加拿大。"

安重重吸了几口气，然后不当回事地说："荒唐！可怜的老杰拉尔德，真是笨到无可形容。"

莎拉驳道："杰拉尔德人很好。"

安说："我知道你对他难以忘情，亲爱的，但说真的，你现在见到他，不觉得已经离他很远了吗？"

"你根本不肯帮忙，妈妈。"莎拉颤声说，"我希望能……认真看待这件事。"

安啐道："你不会想考虑这种荒唐事吧？"

"是的，我会。"

安愤然道："那你就太傻了，莎拉。"

莎拉执拗地说："我一向爱杰拉尔德，他也爱我。"

安放声高笑。

"唉，我亲爱的孩子呀！"

"我千不该万不该嫁给劳伦斯，那是我此生最大的错。"

"你会安定下来的。"安不在意地说。

莎拉站起来烦躁地踱步。

"我不会，不会的，我的生活像地狱——人间炼狱。"

"别夸大其词，莎拉。"安酸溜溜地说。

"他是禽兽——一个畜生不如的禽兽。"

"他那么爱你呀，莎拉。"安骂道。

"我为何嫁给他？为什么？我从来不想嫁他的。"她突然转身对安说，"若不是你，我根本不会嫁他。"

"我？"安气愤地红了脸，"这事跟我一点关系也没有！"

"就有——你就有！"

"当时我跟你说，你得自己做决定。"

"你劝我说，嫁他也没关系。"

"乱说！我跟你说，他名声不好，你是在冒险……"

"我知道，但问题是你说话的方式，说得好像根本无所谓。噢，这整桩事！我不在乎你的措词，你嘴上说得好听，实际上却希望我嫁他，你就是那么想，妈，我知道你的意图！为什么？因为你想摆脱我吗？"

安怒不可抑地面向女儿。

"莎拉，你的指责太过分了。"

莎拉逼向母亲，苍白的脸上，一对深色的大眼盯住安的面容，仿佛想在其中寻找真相。

"我说的是事实，你希望我嫁给劳伦斯。现在一切都走样了，我过得生不如死，你却毫不在乎，有时……我甚至觉得你很幸灾乐祸……"

"莎拉！"

"是的，你很幸灾乐祸。"她的眼神仍在搜寻，看得安极为心虚。"你的确很高兴……你希望我不快乐……"

安突然别开脸，她在发抖。安走向门口，莎拉跟了过去。

"为什么？为什么，妈？"

安咬牙勉强挤出："你不知道自己在说什么。"

莎拉坚持道："我想知道为什么你要我不快乐。"

"我从不希望你不快乐！别闹了！"

"妈妈……"莎拉像孩子似的怯怯碰触母亲的臂膀,"妈……我是你女儿呀……你应该爱我才是。"

"我当然爱你了!要不然呢?"

"不,"莎拉说,"有好一阵子了,我不认为你爱我,甚至喜欢我……你会立即从我身边离开……到我找不到你的地方……"

安力持镇定,用理所当然的语气说:"无论你有多爱自己的孩子,孩子总有一天得学习独立,做母亲的不能占据孩子不放。"

"当然不行,但我认为子女遇到问题时,应能找自己的母亲商量。"

"你到底要我怎么样,莎拉?"

"我要你告诉我,我该跟杰拉尔德走,还是留在劳伦斯身边。"

"当然是留在你丈夫身边了。"

"你听起来很笃定。"

"亲爱的孩子,你能期望我这种年代的女人有别的答案吗?我从小就被教导要遵循一定的行为准则。"

"留在丈夫身边才符合道德,与情人私奔则离经叛道!是吗?"

"没错。当然了,你那些新潮的朋友看法可能与我有分歧,但这是你自己要问我意见的。"

莎拉叹气摇头。

"事情根本不像你说的那么简单,全都纠结在一起了,事实上,想跟劳伦斯在一起的,是最不堪的那个我——那个嫌贫忌苦、好逸恶劳、耽溺声色的我……而另一个我,那个愿意随杰拉尔德同行的我,不是只懂得享乐——那个我相信杰拉尔德,也愿意协助他。妈妈,我拥有杰拉尔德欠缺的特质,当他偷懒自怜时,需要我在后面踢他一脚!杰拉尔德可以很有出息,他有那种潜质,他只是需要有人嘲弄、鞭策……噢,他……他只是需要我……"

莎拉停下来,恳求地看着安。安面色冷硬如石。

"我假装惊喜也没用,莎拉。是你自己要嫁劳伦斯的,不管你怎么装,你都该留在他身边。"

"也许吧……"

安乘胜追击。

"你知道吗,亲爱的,"她柔声说,"我觉得你过不了苦日子,说是一回事,但你一定会痛恨那种生活,尤其……"安觉得这话应能奏效,"尤其若觉得自己没帮到杰拉尔德,反而拖累了他的时候。"

安一说完,便知道自己错了。

莎拉面色一凛,走到化妆台点根烟,轻声说:"你就是故意要和我唱反调是吧,妈妈?"

"这话什么意思?"

安听得一头雾水。

莎拉走回来站到母亲正前方,僵冷的面容上充满困惑。

"你不希望我跟杰拉尔德走的理由究竟是什么，妈？"

"我跟你说过了……"

"真正的理由……"她厌恶地盯紧安的双眼说，"是你在害怕，对不对？怕我跟杰拉尔德在一起可能会幸福。"

"我是怕你可能会非常不幸福！"

"不，你不是。"莎拉咬牙说，"你才不在乎我快不快乐，你不要我快乐，你不喜欢我，不仅是这样，你为了某种原因而恨我……没错，是不是？你恨我，恨我至死！"

"莎拉，你疯了吗？"

"不，我没疯，我终于看清事实了，你恨了我好久——好几年了，为什么？"

"那不是事实……"

"是真的，可是为什么？并不是因为你嫉妒我年轻，有些母亲会因此嫉妒女儿，但你没有，你总是对我很好……你为什么要恨我，妈？我非知道不可！"

"我并不恨你！"

莎拉喊道："噢，别再撒谎了！有话就摊开说吧，我究竟做了什么大逆不道的事，让你那么恨我？我一向爱你，一向待你很好，还帮你张罗事情。"

安转头看着她，声音中满是痛苦。

"你说得……"她严正地说，"好像全都是你一个人在牺牲！"

莎拉茫然地瞪着她。

"牺牲？什么牺牲？"

安颤声绞紧双手。

"我为了你放弃自己的人生——放弃一切我在乎的事——而你竟然根本不记得了！"

莎拉仍然不解地说："我根本听不懂你在说什么。"

"不，你不懂，你连理查德·克劳菲的名字都不记得了，你说：'理查德·克劳菲？他是谁？'"

莎拉渐渐明白过来，心中一阵惊惶。

"理查德·克劳菲？"

"是的，理查德·克劳菲。"安开始公然指责莎拉，"你讨厌他，但我爱他！我非常爱他，想嫁给他，却因为你的缘故，被迫放弃他。"

"妈……"

莎拉十分错愕。

安愤恨地说："我有追求幸福的权利。"

"我当时并不知道……你那么在意。"莎拉结巴地回应。

"你是不想知道！你故意视而不见，不择手段阻止我们的婚姻，那是真的，不是吗？"

"是的，没错……"莎拉忆及过去，想到自己幼稚的尖利言行，不免有些厌恶，"我……我并不知道他让你那么快乐……"

"你有什么权利决定别人的想法？"安怒不可抑地问。

杰拉尔德曾对她说过同样的话，他很担心她的做法，但她却沾沾自喜,为自己战胜讨厌的"花椰菜"而得意不已。何其幼稚的嫉妒啊——如今她明白了!她母亲为此饱受折磨,一点一滴转变成眼前这位痛苦而神经质的女人。莎拉面对母亲的指责,无可回嘴。

她只能怯怯地喃喃说:"当时我并不知道……噢,妈妈,我不知道……"

安的心思再次飞回过去。

"我们本可以幸福地相守,"她说,"理查德是个寂寞的人,妻子死于生产,他深受打击、哀恸不已。我知道理查德有缺点,他有些自大、喜欢说教——年轻人并不喜欢——但他其实是个仁厚单纯的人。我们本来可以幸福地白头偕老,结果我却伤他极重——我将他赶跑了,赶到南岸的一间旅舍里,害他遇见那个根本不爱他的愚蠢妖妇。"

莎拉慢慢挪开,安说的每个字都刺痛了她,然而她依然鼓起勇气为自己辩解。

"假如你那么想嫁他,就应该义无反顾地跟他结婚。"

安立即转头骂道:"难道你不记得最后那几次吵架了吗?你们两个就像猫跟狗一样水火不容,你故意刺激他,那是你的计谋之一。"

(没错,那的确是她的计谋之一……)

"我无法忍受你们日复一日地争吵,最后面临抉择、必须做选择,理查德是这么说的——选择他或选择你。你是我女儿,我的亲骨肉,所以我选了你。"

莎拉恍然大悟地说:"而从此之后,你就一直恨我了……"

莎拉此时已洞彻母女间相处的实情。

她收拾自己的毛皮大衣,转身走向门口。

她说道:"现在我们知道问题在哪儿了。"

她的声音冷硬而清晰,她思索安被毁的人生,也转而思索自己不堪的生活。

莎拉在门口回头对着一脸憔悴、不再辩解的母亲说:"妈,你恨我毁掉你的人生,而我也恨你毁了我的!"

安尖锐地说:"我跟你的人生无关,是你自己做的选择。"

"噢,不,我没有。妈妈,你不必再伪善了。我当初找你,是希望你能劝我别嫁给劳伦斯,你明知我被他吸引,但我想摆脱对他的迷恋。你的手法高明极了,做得神不知鬼不觉,你很清楚该怎么做、怎么说。"

"胡扯,我为什么要希望你嫁给劳伦斯?"

"我想是……因为你知道我不会快乐。你不快乐,所以希望我也不幸福。别装傻了,妈妈,你就一吐为快吧,难道你都不晓得我的婚姻不快乐吗?"

安突然一股气上来。

"是的,我知道,有时候我觉得是你活该!"

母女俩怒目相视。

接着莎拉爆出一串刺耳难听的尖笑。

"我们终于搞清真相了!再见了,亲爱的妈妈……"

她走出房门沿长廊而去,安听到公寓大门重重关上。

留下她孤单一人。

安浑身发颤地卧倒床边,泪水充盈眼眶,潸然沿颊而落。

不久她开始狂哭,她已好些年不曾这样了。

她哭了又哭……

不知过了多久,哭声终于渐歇下来,伊迪斯端着托盘进来了,盘上瓷器叮叮碎响。伊迪斯将盘子放到床边桌上,在她家夫人身边坐下,轻拍她的肩膀。

"好了,好了,我的乖宝宝……我煮了杯好茶,无论如何,把它喝了吧。"

"噢,伊迪斯,伊迪斯……"安抱住她的老忠仆和朋友。

"好了好了,别那么揪在心上,不会有事的。"

"我说的那些话……我说的那些话……"

"没关系的,坐起来吧,我帮你倒茶,来,喝下去。"

安顺从地坐起来啜饮热茶。

"好了,待会儿就会觉得好些了。"

"莎拉她……我怎么能……"

"你别再担心了……"

"我怎能对她说那些话?"

"我觉得宁可说出来,也别压在心里。"伊迪斯说,"在心里搁久了,早晚会闷出怨恨来——那是事实。"

"我好残忍……好残忍……"

"这么久以来,你都把事搁在心底,问题就来啦。好好吵一架,把怨气吐出来,就过去了,比自己装作没事好吧。人都有邪念,但不见得喜欢承认。"

"我真的一直在恨莎拉吗?我的小莎拉——她以前那么可爱、贴心,而我竟然会恨她?"

"你当然不恨她。"伊迪斯大声说。

"但我有,我希望她吃苦、受伤——跟我一样伤心。"

"别再胡思乱想了,你一向都很爱莎拉小姐的。"

安说:"这段时间……这段时间……我心中流窜着邪恶的暗流……恨……我好恨……"

"可惜你没早点说出来,大吵一架反能化解怨恨。"

安虚弱地躺在枕上。

"可是现在我不恨她了,"她惊奇地说,"全都消失了——没错,恨意都不见了……"

伊迪斯起身拍拍安的肩头。

"别担心,孩子,一切都没事了。"

安摇摇头。

"不,不会再一样了,我们两人都说了一些彼此永不会忘记的重话。"

"别信那套。人家说,重话伤不了骨,那是真的。"

安表示:"有些事是绝对不可能忘得掉的。"

伊迪斯拿起托盘。

"'绝对'可是很重的一句话哪。"

第四章

莎拉抵家后，走到房子后边，来到劳伦斯称之为工作室的大房间。

房中的劳伦斯正在拆封最近买的雕像———一位法国年轻艺术家的作品。

"觉得如何，莎拉？很美吧？"

他以指轻柔地抚弄裸露、扭曲的雕像曲线。

莎拉打了一下寒战，忆及某些画面。

她蹙眉道："是的，很美——但很淫秽！"

"噢，得了——没想到你还有清教徒的余绪，莎拉。"

"它的确很淫秽。"

"或许有点颓废……却极具巧思且充满想象。当然啦，保罗吸大麻——也许反映在这件作品上了。"

他放下雕像,转头面对莎拉。

"你看起来非常美丽——我迷人的妻子——而且你心情不好,忧伤的表情很适合你。"

莎拉说:"我刚才跟妈妈大吵一架。"

"是吗?"劳伦斯颇感兴趣地挑起眉,"怎么会?我很难想象温柔的安会跟人吵架。"

"她今天一点也不温柔!但我也承认自己对她很凶。"

"家庭的争吵最没趣了,莎拉,咱们别谈那些。"

"我没打算谈,妈妈和我已经撕破脸了——结果就是这样。我想跟你谈的是别的事,我想……我想要离开你了,劳伦斯。"

劳伦斯并无特殊反应,只是扬起眉喃喃说:"你应该知道,你这么做很不明智。"

"听起来像是在威胁我。"

"噢,没有——只是好心地警告你。你为何要离开我,莎拉?我的前妻离开过我,但她们的理由并不适用于你。例如,我并没有伤透你的心,就我看,你根本不怎么爱我,而且你还……"

"还未失去你的宠幸?"莎拉说。

"如果你要用那种东方式的说法也行,是的,莎拉,我觉得你很完美,就连你那清教徒的遗毒,也能使我们的——怎么说呢——使我们的异教徒生活增添趣味。顺便一提,我第一任老婆离开我的原因也不适用于你,分辨道德上的歧见从来不是你的强项。"

"我为何离开你重要吗?别假装你真的在乎!"

"我会非常在乎!因为你是我目前最宝贝的资产——比所有这些更可贵。"

他朝着工作室挥挥手。

"但你又不爱我。"

"我跟你说过,我对爱情不感兴趣——无论是去爱或被爱。"

"老实说……还有另一个人。"莎拉坦承,"我打算跟他走。"

"啊!好抛下一切的罪恶吗?"

"你的意思是……"

"我想事情不会如你所想的那么单纯,你学得很快,莎拉——你拥有旺盛的生命力——你能放弃这些刺激、欢愉、感官的冒险吗?想想在马里亚纳① 的那晚……记得沙尔科② 和他的转移理论吗?……莎拉,这些事没那么容易丢在一旁。"

莎拉看着他,一时间面露惧色。

"我知道……我知道……但我可以全都放弃!"

"可以吗?你已陷得很深了,莎拉……"

---

① 马里亚纳(Mariana),位于西太平洋的群岛。
② 沙尔科(Jean-Martin Charcot,1825—1893),法国神经学者及病理学家。

"但我应该戒掉……非戒不可……"

她转身飞奔离开。

劳伦斯重重放下雕像,极度不悦。

他对莎拉尚未倦腻,也怀疑自己会有对她厌倦的一天——她个性辛辣顽强,又风情万种,是搜集者最罕有的珍藏。

第五章

"莎拉,是你。"劳拉女爵讶异地从书桌上抬起头。

莎拉气喘不已,看起来非常激动。

劳拉·惠兹特堡说:"好久没见到你了,我的教女。"

"是啊,我知道……噢,劳拉,我真是糟透了。"

"坐下。"劳拉·惠兹特堡温柔地带她到沙发边,"跟我说是怎么回事。"

"我想或许你能帮我……如果……如果有人已经习惯服用某些东西,可以……有可能停止服用吗?"

她又连忙接着说:"唉,天啊,我想你大概不懂我在说什么。"

"我懂的,你是指毒品吗?"

"是的。"劳拉不惊不扰的回应,令莎拉心石顿释。

"答案得视很多因素而定,戒毒不容易——从来都不轻松。女性戒瘾比男性更困难,得视你嗑毒多久、依赖多深、身体健康状况如何,以及勇气、决心和意志力有多强,你的日常生活条件如何,对未来有何期望,如果是女性,身边是否有人助你一起奋战。"

莎拉面色一亮。

"很好,我想……我真的认为问题可以解决。"

"手上有太多时间对你并没有好处。"劳拉警告她说。

莎拉哈哈大笑。

"我不会有空闲的!我会每天工作得跟疯子一样。会有人……盯着我、叫我听话,至于对未来的期望……我期望着所有一切——一切的一切!"

"那么我想你是很有机会摆脱它的,莎拉。"劳拉看着她,接着出其不意地又说:"你终于长大了。"

"是的,我已经拖很久了……我现在才了解,以前我骂杰拉尔德懦弱,其实懦弱的人是我,总是想赖着别人。"

莎拉的脸色阴沉沉的。

"劳拉……我对妈妈好糟,我今天才知道,原来她真的很爱花椰菜,你曾警告我,牺牲会生怨,但我就是不肯听,现在我懂了。我当时因摆脱可怜的理查德而自得不已——如今我明白自己只是在嫉妒,既幼稚又可恶。我逼妈妈放弃理查德,她自然会恨我,纵使她从来不提,一切却都变样了。

今天我们两个吵了一架,彼此大喊大叫,我对她说了最恶毒的话,把自己的遭遇全怪罪在她头上,真的,我实在太对不起她了。"

"我明白了。"

"现在……"莎拉一脸悲凄,"我不知该怎么办了。如果我能设法弥补妈妈就好了——但只怕太迟了。"

劳拉精神抖擞地站起来,教诲她说:"再也没有比跟不认错的人说实话更加浪费时间的事情了……"

第六章

伊迪斯像拿炸弹一样地举起话筒,深深吸口气,拨了号码,听到电话彼端的铃声时,还不安地扭头望着肩后。没事,公寓里只有她一个人在。电话里传出的专业人声,害她吓了一跳。

"惠兹特堡公馆。"

"呃……请问是劳拉·惠兹特堡女爵吗?"

"是的。"

伊迪斯紧张地咽了两次口水。

"我是伊迪斯,夫人,普伦蒂斯太太家的伊迪斯。"

"你好啊,伊迪斯。"

伊迪斯又吞了一次口水,含糊地说:"电话这东西真糟糕。"

"是的,我了解,你想跟我说什么事吗?"

"是普伦蒂斯太太,夫人,我好担心她,担心死了。"

"可是你已担心她很久了,不是吗,伊迪斯?"

"这回不同,夫人,很不一样,她不吃不喝,整天呆坐,啥事都不做,而且常哭,不再像前阵子那样忙东忙西,而且她不再骂我了,变得跟以前一样温柔体贴,但心思却非常恍惚——魂都不知跑哪儿去了。好可怕哟,夫人,真的好可怕。"

电话里传来冷漠而职业的回应:"有意思。"这根本不是伊迪斯想听的话。

"看了心都会滴血,真的呀,夫人。"

"别说得这么夸张,伊迪斯,心脏不会滴血,除非受到损伤。"

伊迪斯继续往下讲。

"是跟莎拉小姐有关的,夫人。她们母女俩撕破脸,算起来莎拉小姐已经有快要一个月不曾露面了。"

"是的,她离开伦敦……到乡下去了。"

"我给她写过信。"

"所有信件都不会转交给她的。"

伊迪斯心情略好。

"啊,那么,等她回伦敦……"

劳拉女爵立即打断她的话。

"伊迪斯，你最好有心理准备，别吓坏了。莎拉小姐打算跟杰拉尔德·劳埃德先生去加拿大。"

伊迪斯无法苟同地说："那太不应该了，怎么能抛弃自己的丈夫！"

"少道貌岸然了，伊迪斯，你有什么资格评断别人的作为？她在加拿大会过得很辛苦——完全摒弃她习以为常的奢华。"

伊迪斯叹道："那样听起来就没那么罪过了……夫人，请恕我这么说，我一向害怕斯蒂恩先生，感觉他像是那种把灵魂卖给恶魔的人。"

劳拉女爵淡淡说道："虽然我的措词会与你不同，但我还蛮同意你的说法。"

"莎拉小姐会回来道别吗？"

"大概不会。"

伊迪斯生气地说："她太铁石心肠了吧。"

"你根本不了解。"

"我了解女儿对母亲该有什么态度，我绝不相信莎拉小姐会硬得下心肠！您能想点办法吗，夫人？"

"我从不干预别人的事。"

伊迪斯深深吸口气。

"请原谅我——我知道您是位非常有名，且聪明绝顶的女士，而我只是个下人——但这回我觉得您非出面干预不可！"

说完伊迪斯板着脸挂断电话。

❖

伊迪斯跟安说了两遍,安才起身问道:"你刚才说什么,伊迪斯?"

"我说,你的发根看起来很奇怪,应该再去染一下。"

"我懒得管了,灰的看起来比较好。"

"我同意那样会显得更端庄,可是头发只染一半很奇怪。"

"无所谓。"

什么都无所谓,在这日复一日的百无聊赖中,还有什么可在乎的?安不断地思忖:"莎拉永远不会原谅我了,她说得对……"

电话响了,安起身走向电话,意兴阑珊地说:"哈啰?"听到另一头传来劳拉女爵急切的声音时,吓了一跳。

"安吗?"

"是的。"

"我不喜欢干涉别人的生活,但……我想有件事应该让你知道,莎拉和杰拉尔德·劳埃德要搭今晚八点的飞机去加拿大。"

"什么?"安惊呼道,"我——我已经好几个星期没看到莎拉了。"

"是的,她一直在乡下的疗养院,她志愿去那边治疗毒瘾。"

"噢，天啊！她还好吗？"

"她戒毒非常成功，吃了不少苦头……是的，我很以这位教女为荣，她真的很有骨气。"

"噢，劳拉。"安连珠炮似的说，"记得你问过我是否了解安·普伦蒂斯——我自己；我现在了解了，我用怨恨与忽略毁了莎拉的一生，她永远不会原谅我了！"

"胡说，没有人能真正毁掉另一个人的一生，别自怨自艾了。"

"那是事实，我终于了解自己是什么样的人、做了什么样的事了。"

"那很好！但你已了悟一段时间了，不是吗？何妨向前看、往前走？"

"你不懂，劳拉，我觉得良心不安，懊悔不已……"

"听我说，安，有两件事是我完全无能为力的——一种是当别人告诉我，他们用何其高贵堂皇的理由从事某种行为；另一种则是不断怨责自己过错的人。这两种状况或许都是事实——人也必须设法了解自己的行为动机，但明了之后，就得往前看了。你无法逆转时间，也无法收回泼出去的水，生活得继续下去。"

"劳拉，你觉得我应该怎么对莎拉？"

劳拉·惠兹特堡轻哼一声。

"我虽已出面干涉，但还不至于没品到要给你建议。"

说完劳拉坚定地挂掉了电话。

安梦游似的穿过房间,坐在沙发上对空凝望……

莎拉……杰拉尔德……他们能合得来吗?她的孩子,她心爱的女儿,能否终于觅得幸福?杰拉尔德生性懦弱——他的屡战屡败会不会持续下去?他会不会令莎拉失望?莎拉会梦碎、会不快乐吗?假如杰拉尔德是另一种类型的男子就好了,但他却是莎拉所爱的人。

时间缓缓流逝,安动也不动地坐着。

那些都跟她无关了,她再也无权过问。她和莎拉之间生出了一道无可跨越的鸿沟。

伊迪斯曾探头察看女主人的状况,之后又偷偷溜掉了。

不久门铃响了,伊迪斯前去应门。

"莫布雷先生找你,夫人。"

"你说什么?"

"莫布雷先生在楼下等你。"

安跳起来,眼神扫向时钟。她到底在想什么——竟然麻木不仁地愣在这儿?

莎拉今晚就要离开——奔向世界彼端了……

安抓过皮草披肩,冲出公寓。

"巴兹尔!"她上气不接下气地说,"拜托你……开车载我到希思罗机场,愈快愈好。"

"可是安,这究竟怎么回事?"

"莎拉要去加拿大了,我还没当面跟她道别。"

"可是亲爱的,你不觉得太迟了吗?"

"当然是迟了,我真蠢,希望不至于太迟。噢,快开车呀,巴兹尔——快点!"

巴兹尔·莫布雷叹口气发动引擎。

"我一向以为你是个很理智的女人,安。"他怨道,"幸好我没当过父母,否则一定会做出怪事。"

"你一定得开快点,巴兹尔。"

巴兹尔叹口气。

穿越肯辛顿街区,钻往巷弄间,避开交通打结的哈默史密斯,行过车阵重重的奇西克区,最后终于来到大西路,沿高大的工厂和被霓虹灯照亮的大楼而行……然后开过一排排整洁的住家。母亲和女儿、父亲与儿子、丈夫与妻子,家家各有自己的问题、争执与和解的方式,"就像我一样。"安心想。她突然生出民胞物与之情,对全人类有了爱与了解……她并不寂寞,也永远不会寂寞,因为世上的人都跟她一样……

❖

希思罗机场大厅中,成群的旅客或站或坐,等待登机广播。

杰拉尔德对莎拉说:"不后悔?"

她坚定果决地看他一眼。

莎拉瘦了,面容上有着忍苦受痛的刻痕,看来虽较苍老,却不损其美,且更臻成熟。

莎拉心想:"杰拉尔德希望我去跟妈妈道别,但他不懂……如果我能弥补自己所做的事就好了,可是我办不到……"

她无法将理查德·克劳菲还给母亲……

不,她对母亲所做的事,是罪无可赦的。

她很高兴与杰拉尔德同行——一起迈向新生活,但心底却在狂喊……

"我就要离开了,妈妈,我要离开了……"

如果……

广播员沙哑的声音令她吓一跳。

"搭乘三四六班机,飞往普雷斯特威克、甘德及蒙特利尔的旅客,请遵循绿灯的标志前往海关及移民……"

旅客纷纷拿起手提行李往边门走,莎拉跟着杰拉尔德,稍微落在后头。

"莎拉!"

安从外门朝女儿飞奔而来,皮草披肩在肩上翻飞。莎拉丢下小旅行袋,冲回去迎向母亲。

"妈!"

母女相拥,又抽身相视。

安在路上反复想着要说的、练熟的话这时却全哽在唇边。什么话都没必要再说了,莎拉也觉得无须多说,这时要说"妈妈,请原谅我",似乎已嫌多余。

那一刻,莎拉显露最后一丝对母亲的孺慕之情,从今以后她就是个独立自主、能当家做主的女人了。

莎拉本能地安慰母亲说:"我会好好的,妈妈。"

杰拉尔德满面笑容地说:"我会照顾她的,普伦蒂斯太太。"

空服员过来催促杰拉尔德和莎拉上路了。

莎拉只傻傻地直问:"你会好好的吧,妈妈?"

安答道:"会的,亲爱的,我会过得很好,再见了——上帝祝福你们俩。"

杰拉尔德和莎拉穿门迈向他们的新生活,安回到车上,巴兹尔正在车里等她。

"这些可怕的机器,"听到飞机在跑道上轰隆作响时,巴兹尔怨道,"就像可怕的大昆虫!我实在怕死了!"

他开车上路,朝伦敦驶去。

安说:"巴兹尔,你若不介意,我今晚不跟你出去了,我想静静待在家里。"

"没问题的,亲爱的,我送你回家。"

安向来觉得巴兹尔"很有趣,但嘴很贱",她忽然明白原来他心地挺好——是个相当孤独的老好人。

"天啊,"安心想,"我真是搞得一团乱。"

巴兹尔关切地又追问了一句:"可是安,亲爱的,你要不要先去吃点东西?家里没有东西可以吃吧?"

安笑了笑,摇摇头,眼前浮起一幅快乐的景象。

"别担心,"她说,"伊迪斯会帮我张罗炒蛋,端到壁炉前——是的——还有一杯香浓的热茶,愿老天保佑她!"

伊迪斯为安开门时，用力看了女主人一眼，但嘴上只说："你去乖乖坐到炉火边。"

"我先把这身衣服脱掉，换上较舒适的衣服。"

"你最好穿你四年前给我的那件蓝色法兰绒晨衣，比你那件透明的晨衣舒服多了，我还没穿过，就收在我最底层的抽屉里，本来想当寿衣穿的。"

安躺在客厅沙发上，舒服地穿着蓝晨衣，定定望着炉火。

不久伊迪斯端着盘子进来，她将盘子放到女主人身边的矮桌上。

"我待会儿帮你梳头。"她说。

安对她微微一笑。

"今晚你把我当小女孩了，伊迪斯，为什么？"

伊迪斯咕哝道："在我眼里，你一向就是小女孩。"

"伊迪斯，"安抬头看着她，羞怯地说，"伊迪斯……我见到莎拉了，我跟她都……都没事了。"

"本来就没事嘛！一向都是这样的！我不早告诉你了吗！"

伊迪斯垂首望着女主人片刻，严酷的老脸变得温柔而和蔼。

然后她缓缓步离客厅。

"多么美好安静……"安心想，并忆起久远以前的一句话：

神所赐的平安，非人所能理解……

特别收录

玛丽·韦斯特马科特的秘密

罗莎琳德·希克斯（Rosalind Hicks, 1919-2004）

早在一九三〇年，家母便以"玛丽·韦斯特马科特"（Mary Westmacott）之名发表了第一本小说。这六部作品（编注：中文版合称为"心之罪"系列）与"谋杀天后"阿加莎·克里斯蒂的风格截然不同。

"玛丽·韦斯特马科特"是个别出心裁的笔名，"玛丽"是阿加莎的第二个名字，韦斯特马科特则是某位远亲的名字。母亲成功隐匿"玛丽·韦斯特马科特"的真实身份达十五年，小说口碑不错，令她颇为开心。

《撒旦的情歌》于一九三〇年出版，是"心之罪"系列原著小说中最早出版的，写的是男主角弗农·戴尔的童年、家庭、两名所爱的女子和他对音乐的执著。家母对音乐颇多涉猎，年轻时在巴黎曾受过歌唱及钢琴演奏训练。

她对现代音乐极感兴趣，想表达歌者及作曲家的感受与志向，其中有许多取自她童年及一战的亲身经历。

柯林斯出版公司对当时已在侦探小说界闯出名号的母亲改变写作一事，反应十分淡漠。其实他们大可不用担心，因为母亲在一九三〇年同时出版了《神秘的奎因先生》及马普尔探案系列首部作品《寓所谜案》。接下来十年，又陆续出版了十六部神探波洛的长篇小说，包括《东方快车谋杀案》《ABC谋杀案》《尼罗河上的惨案》和《死亡约会》。

第二本以"玛丽·韦斯特马科特"笔名发表的作品《未完成的肖像》于一九三四年出版，内容亦取自许多亲身经历及童年记忆。一九四四年，母亲出版了《幸福假面》，她在自传中提到：

"……我写了一本令自己完全满意的书，那是一本新的玛丽·韦斯特马科特作品，一本我一直想写、在脑中构思清楚的作品。一个女子对自己的形象与认知有确切想法，可惜她的认知完全错位。读者读到她的行为、感受和想法，她在书中不断面对自己，却自识不明，徒增不安。当她生平首次独处——彻底独处——约四五天时，才终于看清了自己。

"这本书我写了整整三天……一气呵成……我从未如此拼命过……我一个字都不想改，虽然我并不清楚书到底如何，但它却字字诚恳，无一虚言，这是身为作者的至乐。"

我认为《幸福假面》融合了侦探小说家阿加莎·克里斯蒂的各项天赋,其结构完善,令人爱不释卷。读者从独处沙漠的女子心中,清晰地看到她所有家人,不啻一大成就。

家母于一九四八年出版了《玫瑰与紫杉》,是她跟我都极其喜爱、一部优美而令人回味再三的作品。奇怪的是,柯林斯出版公司并不喜欢,一如他们对玛丽·韦斯特马科特所有作品一样地不捧场。家母把作品交给海涅曼(Heinemann)出版,并由他们出版她最后两部作品:《母亲的女儿》(1952)及《爱的重量》(1956)。

玛丽·韦斯特马科特的作品被视为浪漫小说,我不认为这种看法公允。它们并非一般认知的"爱情故事",亦无喜剧收场,我觉得这些作品阐述的是某些破坏力最强、最激烈的爱的形式。

《撒旦的情歌》及《未完成的肖像》写的是母亲对孩子霸占式的爱,或孩子对母亲的独占。《母亲的女儿》则是寡母与成年女儿间的争斗。《爱的重量》写的是一个女孩对妹妹的痴守及由恨转爱——而故事中的"重量",即指一个人对另一人的爱所造成的负担。

玛丽·韦斯特马科特虽不若阿加莎·克里斯蒂享有盛名,但这批作品仍受到一定程度的认可,看到读者喜欢,母亲很是开心,也圆了她撰写不同风格作品的宿愿。

(柯清心译)

——本文作者为阿加莎·克里斯蒂独生女。原文发表于 *Centenary Celebration Magazine*。